遠い約束

室積 光

角川文庫
21889

目次

1

昭和五十八年四月十日、桜山《さくらやま》小学校では「学校創立百周年記念式典」が催され、桜山町役場職員の松田俊一郎《まつだしゅんいちろう》は来賓の案内とお世話を任された。担当するのはこの町出身の作家、林健一《はやしけんいち》先生である。俊一郎は「先生」と呼ばれる人物が苦手だ。教師に対してもそうなのに、東京からやってくる六十代の作家先生ともなればさらに身構えてしまう。

幸い林先生は穏やかな人で、初対面の俊一郎に、

「はい、よろしく」

と優しい声で挨拶をくれた。

桜山小学校の校門を入ってすぐの場所には桜の大木がある。俊一郎自身、満開の桜に迎えられた入学式の思い出がある。この学校の卒業生が「学校の桜」といえばこの

木のことを指す。

俊一郎は用務員の杉谷《すぎたに》さんから借りたスコップを持ちその桜に向かって急いでいた。林先生の要望だ。記念式典の開会までにはまだ時間があり、林先生はどこかに穴を掘ってほしいらしい。

校舎の陰から日の当たる校庭側に顔を出したところで、満開の桜の下に佇む林先生が見えた。

桜のある場所からは一段下がった校庭と、その向こう側の海に面した桜山町中心街が見渡せる。校庭はサッカーやドッジボール、陣取りに興じる児童たちの歓声で満ちていた。日曜日の登校で授業はない。いつもの休み時間の遊びとは異なる解放感があるのだろう。

林先生はそんな光景を眺めている様子だ。小柄な体を礼服に包み背筋をピンと伸ばしている。黒縁の眼鏡もその真面目な性格を表しているようで、俊一郎がここで「先生」と呼びかければ、知らない人はこの学校の校長先生かと誤解しそうだ。

「林先生」

少し距離のあるところから声をかけてみると、林先生はゆっくりとこちらに顔を向けた。

「これでいいですか？」

俊一郎は右手に持ったスコップを軽く上げて示した。

「ああ、すみませんねえ」

林先生は小さく頷いて言い、再び視線をよく晴れた空の下に戻した。

「やっぱり懐かしいですか？」

林先生の横に立ち、視線を同じ方に向けると、見慣れた風景が目に入った。右手に校舎、正面の校庭とその向こうの町並み。俊一郎にとっては珍しくもない退屈な風景でも、東京で暮らす林先生には違う感慨をもたらすのだろう。

「そうですねえ」

林先生は呟くように答えた。

「先生はここを離れて何年になるんですか？」

「……そう、三十五年になりますねえ」

「へえ、僕の生まれる前ですね」

「ああ、そう、そうでしょうね」

林先生はあらためて二十三歳の俊一郎の顔を見て笑った。それからひと呼吸置くと再び視線を戻し、

「ちょくちょく帰ってきたいんですけど、なかなかそうもいきませんでねえ。この前帰ってきたのは五年前、恩師が亡くなったときでした。そのときはここまで上ってこないで、下の道から見上げただけでしたけど……。校舎はずいぶん立派になったけれども、ここからの眺めは変わりませんねえ」

桜山小学校は創立以来この場所にある。桜山町の中心街の北側にある小高い丘の上だ。

「あなた、お名前は何と言われましたかな?」

最初の挨拶で名刺も渡して名乗ってある。先生はよく聞いていなかったのだろう。しかし、俊一郎は別に嫌な気はしなかった。何しろ林先生は有名人だ。毎日のように初対面の人と接していて、いちいち覚えてはいられないに違いない。むしろ、あらためて名前を聞いてもらえる方が光栄というものだ。

「はい、松田俊一郎と申します」

俊一郎は胸の名札を示して答えた。それを耳にした林先生は、

「ん!?」

俊一郎が予想していなかった反応を見せ、グッと名札に顔を近づけて「松田俊一郎」の文字を確認した。

「ほ、松田俊一郎……松田長次郎《ちょうじろう》という名前を聞いたことがありませんか？」

「はい、長次郎さんはうちの祖父の弟になります」

「やっぱり！」

林先生は満面の笑みを浮かべて大きく頷き、

「それでは……」

もう一度目の前に広がる風景に目をやると、

「あの、黒い瓦の家でしょう？　あなたのお祖父《じい》さんの家は」

伸びあがるようにして指し示した。

「ええ、そうです。祖父の家というより今私が住んでいる家です」

俊一郎は実家で暮らしている。いわゆる三世代同居だ。しかし、林先生はなぜ松田家の場所を知っているのだろう？

「よくご存じですね？」

「長次郎は同級生でした」

「え？　そうだったんですか？」

「彼とはこの場所でお別れをしました」

そう言いながらなぜか先生は空を見上げた。

「それは光栄です。先生のような高名な方と同級生なんて」

俊一郎はお世辞を言ったわけではない。作家林健一は、この小さな町の出身者で唯一人、全国的に名の通る有名人だ。

「長次郎のことは家の人から何か聞いてますか？」

「いえ、あまり……仏壇の上に写真を飾ってあるんですが……」

これは正直な答えだった。仏壇の上には三枚の遺影が掲げられている。俊一郎の生まれる前に亡くなった曾祖父母と長次郎さんのものだ。老人の姿である曾祖父母と違い、長次郎さんは若い海軍士官だ。それは俊一郎にとって、「戦争で死んだ祖父ちゃんの弟」以外の何ものでもない。ハンサムな人だと思うし、軍服が凜々しいと思うことはあっても、特別な興味はなかった。

「そうですか……」

俊一郎の返事は林先生を落胆させたようだ。

「いえ、あの、長次郎さんの話になると祖父ちゃんが泣くもんで、いや、そうなんですよ、年取ってさらに涙脆くなったというか、どうも湿っぽくて……」

俊一郎は慌てて言い訳した。それは功を奏し、

「そう、そうだろうねえ。いや、お祖父さんのお気持ちはわかります」

林先生には納得してもらえた。

これ以上長次郎さんのことを訊かれると、さらに先生を落胆させて気まずい空気になりかねない。俊一郎は、話題を強引に変えた。

「それで先生、どこを掘りましょうか?」

「あ、そうでした」

林先生は我に帰ったように声のトーンを変え、

「この桜のね……」

振り返って桜に近づいていった。

「ああ、この桜ですね。いい加減、邪魔だから切ろうかと話してるんですよ……」

俊一郎はどうでもいいと思っているのだが、先輩職員の中からは、この桜のせいで校門も広げられなくて不便だとの意見も出ている。車社会になって久しい。教員も保護者も自動車で学校にやってくる。実際、この桜さえなければ駐車スペースも拡張できるのだ。

「いけません!」

その声には、俊一郎をすくませるほどの力があった。

「この桜はね、この学校のいわば象徴のようなものだ。あなただってこの学校を卒業しているのでしょう？」

俊一郎には、自分の発言が林先生の逆鱗に触れたことはわかったが、その理由がわからず狼狽した。

「あ、いえ、そう、先生のようにここから離れて暮らしていらっしゃる方にはそうなのかもしれませんね。ここでずっと暮らしてると、何というかそういうノスタルジーっていうんですかね、そういうのはないものですから」

しどろもどろで釈明する。

「いや、そうかもしれないですけど、担当の方に言って、この木だけは切らないようにしてください。いいですか？」

その要求だけ伝えて、林先生はあっさり矛を収めてくれた。

「はい、承知しました」

「うん、それでね、ほらあちらの太い根っこと、こちら側の根っこの中間あたりを深く掘ってほしいんです。大きく掘らなくていいから、深くね、深く掘ってください」

「わかりました」

ちょっと気まずい空気を変えるつもりで、俊一郎はサッと作業にかかった。

この日の俊一郎は式典に関わる職員の中でも裏方だから、スーツではなくふだんの作業着姿だ。穴を掘るのにはちょうどいい。

長年子どもたちに踏み固められた土は固い。最初スコップの先は表面の土をなかなか突破できなかったが、少し掘り進むと次第に多くの土を取り除けるようになってきた。作業を続けるうちに、肌着の背中あたりにじわじわと汗の滲んできているのがわかった。やがて額にも汗の粒が浮かんできた。

どこまで掘ればいいんだ？

何のために掘っているんだ？

俊一郎は目的を聞かされていないことに気づいた。今さら尋ねるのも気が引ける。後先考えずに勢いよく掘っていたものだから、息も上がってきた。

（いかん、ダメだ）

俊一郎は地面に刺したスコップを杖代わりにして、しばし息を整える間をとった。

視線を感じて顔を上げると、

「どうして休むのですか？」

目の合った林先生に優しく言われた。「しんどいからです」と素直に答えられず、再び掘り始めた俊一郎の背中に、

「大きく掘らなくていいからもっと深くお願いします」

やはり優しい口調だが、厳しい注文があった。もうヤケクソになってガッガッ掘るしかない。俊一郎がありったけの力を込めてスコップを数度突き刺したとき、

「あれ？」

先の方が何か硬いものに突き当たった。

「……先生、何かあります」

「え」

穴の深さは一メートルもない。せいぜい数十センチだ。林先生はそれを覗き込んだ。

「あ、それだ、それを掘り出してください」

林先生の声は普段の静かな印象には不似合いな熱を帯びていた。

どうやら目的を果たせたらしい。これ以上は掘らなくてすみそうだ。俊一郎は安堵の思いと少しばかりの達成感を覚えた。

周囲の土に何回かスコップを差し込むと、姿を見せたのは茶筒の倍ほどの直径で高さが三十センチほどの缶だった。頑丈な金属製だが、錆がひどい。俊一郎は土との隙間に手を差し込み、それを取り出した。中身は何だろうか、そんなに重いものではない。

林先生は俊一郎が差し出したその缶を両手で受け取り、

「おほ……」

言葉ではない小さな声を上げた。それからゆっくりと桜の陰から日向に出た。そして固まった。本当にそんな感じだ。両手で缶をしっかりと持ち、足に根が生えたように動きを止めた。

「これは何なんですか？　先生……」

俊一郎の問いかけには答えてくれそうにない。錆びついた缶を見つめる先生の瞳からは涙が溢れていたが、その表情は泣いているようにも笑っているようにも見えた。先生の中の感情が、悲しみだけでも喜びだけでもない、複雑で不思議なものだということは察せられた。

（あ！）

いつの間にか校庭に広がっていた児童たちの姿が消えている。腕時計に目をやると、あと十五分ほどで式典開始時刻だ。

「先生、そろそろお時間です。会場の方に行かないと……」

自分の言葉が先生の心に届いていないことは明らかだ。無駄な発言の語尾は弱くなってしまう。俊一郎は次の行動に迷い、

「ほんとに時間がないな、とにかく会場に行かないと……」

ブツブツと独り言を呟くしかなく、

「先生、私は先に会場の体育館に行きますので、その、あとはよろしく……」

まるで彫像に語りかけているような虚しさを覚えながら、その場を去った。


俊一郎が心配するまでもなく、林先生は決められた時刻には控室として用意された応接室に戻り、町長と校長に挨拶していた。

林先生の座るソファの横には先ほどの缶が置かれている。誰も、

「これは何ですか？」

と聞かず、林先生も自分から説明しようとはしなかった。

「お時間です」

スーツ姿の女性職員が呼びにきたとき、林先生はその缶を持って立ち上がった。


式典が始まった。

校歌斉唱、校長挨拶、町長祝辞に続き、来賓として、卒業生にしてこの町の誇る作家である林先生が登壇した。

その手に例の缶があることは、体育館の入り口に立っている俊一郎にも確認できた。

林先生は、缶を演台に置いて語り始めた。

「桜山小学校創立百周年おめでとうございます。私はこの学校を昭和六年に卒業いたしました林健一と申します。昭和六年といいますと、今から五十二年前です。在校生の皆さんのお父さんやお母さんもまだ生まれてなかったかもしれませんね。私が卒業して二年後にこの学校の創立五十周年の記念式典がございまして、私はそれにも出席しております。今回もお招きいただき誠にありがとうございます。五十年前、皆さんよくご存じの校庭の桜の木の下に、私は同級生とともにこれを埋めました」

林先生は錆だらけの缶を少し持ち上げて、聴衆に示して言った。

「これは今の言葉で申しますと、『タイムカプセル』です。しかし、その頃はそのような呼び方も、このようなことをする習慣自体もありませんでした。この中には私の同級生たちの書いた『私の将来』と題された作文が入っておりました。先ほど、私はこれを五十年ぶりに手にいたしまして、涙が止まりませんでした。おめでたい席ではございますが、この場をお借りしまして、私の同級生の話を聞いていただきたいと存じます」

林先生の口調は淡々としていた。だが、聴衆に襟を正させる厳かさのようなものがあった。

「昭和八年、その頃は小学校のことを尋常小学校と呼んでおりました。桜山尋常小学校創立五十周年の式典から数日経った春の日、私たち五人の同級生は、恩師の中川猪《なかがわい》太郎《たろう》先生の呼びかけで、あの桜の木の下に集まりました……」

2

昭和八年四月九日は日曜日だった。その月から役場に出ていた健一にとっては、勤め始めて二度目の休日だ。

健一はこの春、浅井高等小学校を卒業したばかりだ。桜山尋常小学校は高等小学校が並置されていなかった。だから、桜山尋常小学校を卒業した後、健一は同級生とともに、毎日渡し船で浅井川を渡り、浅井高等小学校に二年間通ったのだ。

中川猪太郎先生からは、午後一時に学校の桜の木の下に集まるように言われていた。それからの時間は学校で遊び、夕方からは先生の家でご馳走してもらえるということだ。

少し離れた地域に住んでいる松田長次郎と鈴木《すずき》寛太《かんた》が連れ立って迎えにきた。

「健一、一緒に行こう」

引き戸を開けて土間に姿を現した寛太は嬉しそうな笑顔だ。同級生五人の中で寛太だけは高等小学校には行かなかった。それは彼の祖母が決めたことだ。尋常小学校の勉強についていくのもやっとだった寛太には、机に向かう勉強よりも体で覚えることの方が重要だと考えたのだろう。それに義務教育の尋常小学校とは違い、高等小学校ではわずかだが授業料も必要になる。彼女がその出費を無駄と考えたのは想像に難くない。

そんなこともあり、同級生みんなと集まることを誰よりも喜んでいるのがこの寛太だった。

長次郎は表で待っていた。健一と彼とは高等小学校でほんの三週間前まで一緒だったから、

「やあ」

と簡単な挨拶を交わしたものの、なんとなく照れ臭い思いがした。

三人で学校を目指して歩き始める。

「健一、役場の仕事はどんなじゃ？」

尋ねてきたのは長次郎だ。

「いや、まだお茶を淹れたり、書類の整理をしたりの雑用しかしてないから、何とも言えん」

正直に言うと、

「学校みたいか？」

寛太が確かめるようにして言った。

「そうじゃな、学校みたいかもしれん」

この答えに寛太は満足したようだった。

寛太は祖母と二人で暮らしている。そうなると、家を訪れる人も年寄りばかりで、若い先生や同級生と接する学校が楽しかったようだ。ただ、体育の授業や遊びで動き回るのは好きでも、机に向かってじっとしているのは苦手だった。自分にとっては苦痛だった部分の学校生活と役場の仕事が似ていると聞いて、寛太としてはホッとしたのだろう。そんなところで働いている健一を気の毒に思ってくれているのかもしれない。

学校に上がっていく坂道の入り口まで来た。他の二人、坂口《さかぐち》順平《じゅんぺい》と成田《なりた》三吉《さんきち》はここまでは反対方向からやってくる。だから彼らが先に着いているかどうかまだわからない。

「駆けっこしよう」

寛太が提案した。学校に通っている頃、毎日ここから教室まで駆けっこする習慣だったのだ。

「よーし、いいぞ。健一はどうする？」

そう言う長次郎と寛太はズボン姿だが、健一は着物だ。

「二人で駆け比べすればええ。僕は歩いていくから」

その答えを聞いた途端に、

「よーい、ドン」

寛太が駆け出し、

「あ、寛太、ずるいぞ」

追いかけた長次郎は、まだ健一の視界に入っているうちに楽々と寛太を追い抜いた。実は着物姿でなくとも、健一が駆けっこに参加することはなかった。長次郎が「どうする?」と訊いてくれたのは彼の優しさの表れだ。

どういうものか林家の男子は虚弱で短命だった。曾祖父と祖父は三十代で亡くなったし、父も病気がちだ。だから健一の名も、

「健康第一」

との願いが込められていた。林家は女の強い血筋のようで、健一は姉と二人の妹に挟まれた長男だった。姉も妹も健康そのものなのに、健一だけは幼い頃から病気がちなのだ。

同級生たちは健一の体の弱さを気にしてくれていた。健一はそんなみんなに迷惑を

かけぬよう、運動にも遊びにも積極的に参加していたが、一人になると読書に耽ることが多かった。それはそれで、

「健一は物知りだから」

と同級生たちは一目置いてくれていたものだ。

人より遅れることがあっても、コツコツと自分のやれることをしっかりやろう、というのが健一の生活の中での基本姿勢であり、今もゆっくり坂道を上りながら、約束の時刻にさえ間に合えばいいと考えるのだった。

「健一ー、遅ーい」

校門から顔を出して寛太が叫んでいる。きっと他のメンバーは揃っているのだろう。

「遅くなってごめん」

そう言いながら校門を抜けると、すぐ目の前の桜の下で中川先生と四人の同級生が待ってくれていた。

桜は満開だ。ひとひらふたひら、花びらがみんなの上に散りかかっている。

長身の中川先生に同級生はまだ一人も背丈で追いついていない。先生は家庭の事情で師範学校入学が遅かった。卒業してすぐの徴兵検査で甲種合格となり、兵役を終えてからやってきた桜山尋常小学校で、ちょうど入学してきた健一たちを六年間担任し

てくれたのだ。

入学時には男子十一人、女子二十人だった。ところが、近くにある桜山銅山が閉山になると、一人去り二人去りと櫛《くし》の歯が欠けるように減っていき、卒業時には男子はこの五人になっていたのだ。それでも学校の存続が危ぶまれなかったのは、新たに浅井川の河口に造船所が出来て、児童数の回復が見込まれていたからだ。実際今では以前よりも児童数は増えている。

つまり集まった五人は中川先生に六年間お世話になった男子全員だ。

在校中は長次郎と順平が背丈の高い方だったが、このところ三吉が急に成長していて、久しぶりに並ぶと、この三人がほぼ変わらない身長になっていた。

「健一、久しぶり」

中学の制服制帽姿の順平が駆け寄ってきて、健一の肩を叩いた。

「久しぶり順平、元気そうじゃ」

坂口順平は、同級生の中ではただ一人、釜内《かまうち》中学に進学していた。釜内中学は県下一の名門校だ。他の同級生とはいつでも顔を合わせられるが、釜内中学は桜山から遠く、入学と同時に寄宿舎に入った順平とは滅多に会えなかった。

「健一も元気そうじゃ」

順平は励ますようにそう言ってくれた。嬉しかったものの健一自身、手足が細く顔色も青白い自分は、とても元気そうには見えないと思う。

「先生、遅くなりました」

あらためて中川先生に挨拶すると、

「なーに、まだ約束の一時にはなってない。でも全員揃ったな、始めるとするか。順平」

先生に声をかけられ、

「みんな、整列」

順平は級長らしく号令をかけた。

桜と並んで立つ中川先生に対して、五人が横一列に並ぶ。

「気をつけ！　礼」

順平の号令は久しぶりだ。それが懐かしくてみんな笑顔だった。中川先生もそんな教え子の表情を見て満足げに一つ頷くと、授業のときのような力の籠もった声でしゃべり始めた。

「みんな、今日は休みなのに集まってくれてありがとう。ご存じの通り、我が桜山尋常小学校は創立五十周年を今年迎えました」

五人は一斉に拍手した。

「かく言う私も諸君らの先輩にして、この学校の卒業生であります。また、諸君は私が師範学校を卒業して最初に担任した生徒であり、初めて送り出した卒業生でありま す。二年前の諸君との別れは、我が一生の思い出になるでありましょう。そして、卒業の際諸君らが綴られた『私の将来』と題された文集は私の宝であります。そこで私が考えたのは、創立五十周年を記念して、この文集を母校の桜の下に埋め、五十年後再び掘り起こして、諸君らと旧交を温める機会にしようということであります。ご賛同いただけますか?」

素晴らしい考えだ、と健一は思い、

「賛成します!」

と答えたが、その声は期せずして他の三人の同じ言葉と重なり、一拍遅れて、

「さ、賛成します」

寛太が挙手して言った。

「ありがとう。そこで用意したのがこれだ」

中川先生は足元の金属製の缶を取り上げた。

「この中にみんなの文集を入れよう。あと、成績表も入れてみた」

「ええ!?　成績表も入れるんか？」

寛太が悲鳴に近い声を上げた。

「うん。寛太困るか？」

中川先生は笑顔だが、寛太は真剣だ。

「うん、それは困るなあ。学校に行っとるときは成績のことで祖母《ばあ》ちゃんにいつも叱られておったから、卒業してホッとしておったのに」

他の四人は声を上げて笑った。

「寛太、五十年後じゃぞ？　五十年間気がかりか？」

三吉の言葉に寛太は少し考えた。

「ああ、気がかりじゃなあ、五十年経ったら、また祖母ちゃんに叱られると思うとなあ」

その情けなさそうな顔を見て、四人はまた遠慮なく大きな笑い声を上げた。

「寛太、五十年経ったら、祖母ちゃんいくつだよ？」

そう口に出した途端に健一は無駄を悟った。寛太は一桁の足し算も覚束ない。二桁となると完全にお手上げだ。六十二歳に五十年を足すことは寛太には難しすぎ、指を折ろうとしてすぐに諦めた。

「それよりみんなはいくつかな？　五十年後」

中川先生に問われ、

「六十四歳です」

順平が代表するように答えると、

「ハハハ」

寛太が心底愉快そうに笑った。健一にはその笑いの意味がわからなかった。他の者も同様に戸惑っている中、寛太は笑いながら順平に近づき、

「爺ちゃんじゃなあ」

と憐れむように言った。

「寛太もじゃ」

順平が言い、寛太の笑いの意味を知ったみんなが笑う中で、

「わしもか⁉　爺ちゃんじゃなあ」

寛太は寂しげに呟いている。

「先生はそのときいくつですか？」

今度は長次郎が尋ねた。

「うん、八十歳だ」

「アハハ、爺ちゃんじゃなあ」

笑って落ち込んでまた笑って、寛太は忙しい。

「うん、みんな爺ちゃんであることには変わりないな」

そう言い、寛太に笑みを向けている先生の様子からは、とても老人になった姿は想像できない。五十年後は遥かに遠い。

「昭和五十八年か」

感慨を込めて健一が声に出すと、しばらくみんなは沈黙し、その年月の重みを思う空気が流れた。

「なあなあ、どうせなら、この学校の創立百周年式典のときに掘り返して、みんなを驚かそう」

長次郎の提案に、

「おお」

一気に全員の気持ちが高ぶった。

「ええのう、それ」

「こんなことする者は他にはおらんからなあ」

「みんなびっくりするじゃろう」

口々に言い合う。

「このことを祖母ちゃんに言うたらたまげるじゃろうなあ」

寛太が言ったところで、長次郎がその頭を叩いた。

「いて、何するんじゃ」

「馬鹿、祖母ちゃんにも内緒じゃ。ここにいるものだけの秘密じゃ」

「おお、秘密じゃ、秘密じゃ」

「秘密か？」

「秘密じゃ」

ここで「秘密」という言葉が魔法の力を持った。自分たちだけで共有する秘密は、さらに五人の結束を強めたのだ。

中川先生はそんな五人の様子に笑顔で大きく頷いた。自分の発案した計画に対する、教え子たちの反応が嬉しかったに違いない。

「みんな、埋める前に自分の綴り方を読み返してみるか？」

五人は先生からそれぞれの綴り方を渡されると、静かに読み始めた。

「順平は医者になるのだったな？」

何度もこの綴り方を読み返している先生の頭の中には、おそらく一字一句すべてが刻まれている。

「はい」

順平は胸を張って答えた。学力優秀な彼にとって、将来大学の医学部に進むことは容易ではなくとも十分に可能性のある望みといえた。

「偉いお医者さんになるんじゃろうなあ」

そう言う寛太の目には医者になった順平の姿が見えているようだ。

「そんなことないよ」

「偉くなって、遠くに行くんじゃろうなあ」

「いや、この村に帰ってくるよ」

順平の答えに、

「帰ってくるのか？」

と驚いて反応したのは寛太ではなく、中川先生だった。順平の綴り方には医学部目指して勉強を頑張る、などと書いてあったものの、この田舎に戻ることまでは記されていなかったのだろう。

「はい、この村には医者がいませんから。医者にかかれば死なずに済んだ人が随分亡くなったと聞きます。それで、僕がみんなを助けたいんです」

順平の家は元々この地域の庄屋で、お父さんは県の偉いお役人だ。坂口家はかつて広い土地と多数の小作人を抱える「三郡一の豪農」だったのだ。

同級生たちは順平の家に遊びに行くことを楽しみにしていた。坂口家にはこの田舎では滅多に見られない珍しいものがたくさんあったからだ。

本棚に並べられた書物の表題を眺めるだけで胸が高鳴ったし、ある夏の夜には、順平のお父さんが天体望遠鏡を全員に覗かせてくれた。

洋風のお菓子を初めて食べたのも順平の家でだった。

しかし、順平はそんなことを鼻にかけることはなく、みんなと接する際には同級生を平等に扱った。リーダーとしての資質を備えた少年で、みんなが彼に一目を置き、友人であることを誇らしく思っていたものだ。

寛太にとって順平は憧れの人物だ。大きな家に住む優等生の順平に嫉妬したり、気後れしたりすることなく、

「すごいのう、順平は」

と素直に感心する寛太を順平も受け入れ、日ごろから仲良くしていた。ただ、寛太の祖母はたびたびそれをたしなめた。

「順平さんは庄屋様の息子で、お前とは身分が違う。順平さんが親しくしてくださる

のは、お前を哀れに思うてそうしてくださるのじゃから、調子に乗って友だちのように振る舞《ま》うてはいかん」

というわけだ。なぜ健一までもがそれを知っているかというと、寛太自身が、「祖母ちゃんがこう言うた」

と言われた通りを披露するからで、そのたびに、

「そんなことはないよ」

と、順平は苦笑しながら否定していた。

同級生の中に、順平が将来医者になることを疑う者はいなかったから、この頼もしい級長を囲んで、

「偉いなあ」

「順平なら立派なお医者になれるよ」

「順平がいてくれたら安心だ」

口々に彼を讃えた。

健一も順平の医者を目指す動機が素晴らしいと思った。立身出世や金儲けのためでなく、故郷の人々を救おうというのだ。実際健一の祖父も、家の者が浅井川を隔てた隣町の医者を呼びに行っている間に亡くなった、と聞いている。あと何年かしたら、

健一は地元の医者に診てもらえるのだ。

そのとき、順平を囲む輪から一歩離れたところから、

「順平、わしが病気になったら治してくれるか？」

寛太が遠慮がちにそう尋ねた。順平は他の同級生たちと目を合わせて微笑んだ後、寛太に向かい、

「ああ、治してやる」

力強く宣言した。

「わあ、良かったあ」

寛太は心の底から安堵した様子で、

「わし、順平が帰ってきたら病気になるわ」

順平に対抗するように高らかに宣言した。

「無理に病気になるなよ」

長次郎が横から諭したが、

「病気にならんと治してもらえんじゃろうが」

寛太は彼らしい理屈でこれに応じた。

長次郎は寛太とは家も隣同士で、生まれたときからのつきあいだ。寛太の頑固な部

分もよくわかっているから、

「そうじゃのう、じゃあ、頑張って病気になれ」

と、この幼馴染の扱いに慣れているところをみせる。

「長次郎はやっぱり叔父さんの鍛冶屋を継ぐのか？」

中川先生はそんな長次郎に話題を移した。

長次郎の家は豊かとは呼べない農家だ。松田家と鈴木家のある辺りは、桜山では貧しい人々の暮らす地域だった。

長次郎は順平に負けないぐらい勉強もできたし、運動も得意だった。間違いなく中学に進める学力はあったが、そんな経済的事情で高等小学校を出て家の手伝いをしている。次男坊である彼はいずれどこかに奉公に出る道を模索する必要があった。鍛冶屋を営んでいる長次郎の叔父さんには後継者がいない。いずれそこで修業することになる、ということを四年生ぐらいから口にしていた。

「いえ、ずっとそう思っていたのですが、今は海軍の飛行予科練習生に志願しようと思っています」

これは全員初耳で、一気に空気が変わった。

「ええ！　飛行機乗りになるか？」

三吉が大きな声で確かめた。

「うん」

短いが確かな決意の伝わる返事があった。

「お父さんもそれでいいのか？」

中川先生は松田家の事情をよく知っている。貧しくとも家長の権威を揺るがすことのない、気骨のある家柄だ。中川先生は尋常小学校卒業の際に、長次郎を師範学校にやってもらえないかとその父親に頼みにいったという。師範学校なら学費と生活費の心配もない。だが、そのときはいい返事はもらえず、長次郎も父の方針に素直に従った。

「はい。家は兄が継ぎますし、上の学校にやれなかったから、お前は好きにしろと」

それなら大丈夫だ。だいたい頭がよくて、運動神経もいい長次郎は軍人向きだ。鍛冶屋のツチやヤットコよりも操縦桿を握る方が彼には似合う気が、健一にはした。

「長さんは飛行機に乗るんか？」

寛太は目を丸くしている。よほど驚いたのだろう。その表情を見た長次郎は、寛太の望みを察したのか、

「いつか寛太も乗せてやる」

寛太の肩を片手で抱いて言った。

「本当か？　本当に飛行機に乗せてくれるか？」

「うん、約束しよう」

「うわあ、良かった。わし、長さんと友だちで良かったわ」

寛太の調子の良さはいつものことで、長次郎は朗らかに笑って飛行機に見立てた学を空に向かって旋回させてみせた。

長次郎と寛太の関係は特別なものだった。この孫の優秀な幼馴染を、寛太の祖母は頼りにしていた。入学以来、寛太が道草を食わぬよう学校に連れて行き、連れて帰るのが長次郎の役目だった。ときには勉強もみてやって、まるで兄弟のようにして育った二人なのだ。寛太の祖母は、孫と順平のつきあいには否定的だが、

「長次郎も勉強ができるし、お前と身分も違わん。お前は長次郎と仲良くしておけ」

とこちらは勧めるのだった。

他の同級生もそんな二人の関係を知っているから、長次郎が寛太を諭すときには口を挟まない。何をやらせても他と調子の合わない寛太に対して、

「馬鹿」

と言えるのは長次郎だけだ。日頃寛太の面倒をみている長次郎には、そういう資格

があると思われていた。

「長次郎なら絶対日本一の飛行機乗りになれるじゃろう。いつか空から帰ってくるかもしれん」

寛太ほどではないが、三吉も気分を高揚させていた。

「三吉は炭屋を継ぐのじゃったな？」

中川先生はその成田三吉に話を振った。

「はい。僕は元々三男で、兄さんが二人もいたのに、後継ぎの長男が病気で死んで、すぐ上の兄さんも殉職してしまいましたから、僕が頑張らないと」

成田家は桜山駅近くの、この辺りに一軒だけの炭屋だ。その成田家を悲劇が襲ったのは、三吉が六年生のときだった。三吉の十二歳上の長男が病死した直後に、入営中の次男が訓練中の事故で亡くなったのだ。

気の毒過ぎて、次男の葬儀の際にはお悔やみの言葉にも困った、と健一の母が言っていた。成田家の周囲の誰もが同じ気持ちだったに違いない。

そのときには三吉の祖母と母の二人が心痛のあまりに寝込んでしまい、祖母の方はとうとう寝たきりになってしまっている。

三吉は優しい家族思いの子だ。兄二人とは年齢が離れていたが、妹の富子《とみこ》は三吉の二歳下だ。三吉はこの妹をずいぶん可愛がっていた。

健一にはこんな思い出がある。

三年生のときだ。順平の家にみんなで招かれたときに、三吉は妹を連れてやってきた。坂口家に一緒に行った同級生の兄弟は富子以外にはいない。

そのとき順平のお母さんがみんなにお菓子を配ってくれた。富子の分もちゃんとあった。彼女がとても美味しそうにそれを食べるので、三吉は自分の分を食べずにそっと懐に入れた。家に帰ってまた妹にやろうと考えたのだ。それを見た順平のお母さんは、

「はい、これはお土産」

と富子に余計にお菓子を渡してくれたのだった。それでようやく三吉は自分の分のお菓子を口に運んだ。

そんな家族思いの三吉にとって二人の兄の死は辛いものだったに違いない。しかし、彼は使命感に駆られて立ち直り、尋常小学校の卒業の際には家の後継ぎとしての決意を綴ったのだ。

「五十年経ったらお店も大きくなっているだろうなあ」

中川先生は小さかったこの教え子がグングン成長している姿に、お店の発展を重ね

合わせたのだろう。

「はい。東京に行った隣のおじさんが言ってました。東京では自動車で配達する炭屋がいるそうです」

聞いていたみんなが「おお」とどよめいた。東京は遠い。この田舎と比べると、そこはまさに別世界だ。炭屋が大八車でなく自動車を使うなどとは、桜山では誰も想像できないだろう。

「うちもそうなりたいです」

三吉が少しはにかみながらそう言ったのは、自分でも実現するとは思っていないかららで、彼らしくなく少し法螺《ほら》を吹いてみたのだ。しかし寛太だけは、

「三ちゃんは自動車買うんか？」

と完全に真に受けた。その真剣な眼差しに負けたのか、

「う、うん。そしたら寛太も乗せてやる」

三吉は長次郎と同じ約束をしてしまった。

「嬉しいなあ、わし、三ちゃんと友だちで本当に良かったわ」

寛太が喜べばそれで良し、と思ったのだろう、三吉はニコニコして寛太と肩を組んだ。寛太もご機嫌だ。

「寛太は本当に調子いいなあ」

健一が思わずそう漏らすと、

「健ちゃんはおとなになったらどうするんだい？」

中川先生でなく、順平が尋ねてきた。答えようとした健一より先に、

「健一もいいこと書いていたなあ」

中川先生がそう言ってくれた。そのとき、

「健一はおとなになれん」

寛太の言葉が一同に冷水を浴びせた。シンと静まる間があって、

「なんてこと言うんだ」

校門の石段に健一と並んで腰かけていた長次郎が立ち上がった。その憤慨した様子に怯えた寛太は、桜の脇に立つ中川先生の陰に隠れて言った。

「うちの祖母ちゃんが言うた。健一の家は代々肺病で早死にしとるから、いずれ絶えるんじゃ。健一も弱いからきっと育たんって」

「そんなことあるもんか！」

一本気な長次郎は、健一の前での暴言が許せなかったのだろう。あるいは、ここで寛太を黙らせるのが自分の役目とでも思ったのかもしれない。

健一自身はさほど気にならなかった。実際自分は虚弱であるし、林家の男子の短命を思い覚悟もしている。むしろ憤ってくれる長次郎の姿が嬉しかった。

寛太の「祖母ちゃんが言うた」が一悶着を起こすことはたびたびだ。寛太は周囲の空気を読むことができない。

「祖母ちゃんが言うた。住職の嫁の性格がきついから檀家はみんな嫌うんじゃ」

などと当の本人の前で言ったりする。あまりにたびたびなので、おとなは聞き流すことを覚えたが、寛太の祖母の評判は甚だ芳しくない。

学校に通っていた頃は、寛太の暴言には長次郎が対処するという不文律が確立していた。

このときも怒った長次郎は、先生の陰に身を隠した寛太に迫っていった。寛太は中川先生を盾にして逃げ回り、次に桜の周りを逃げ惑い、順平が長次郎を制してくれたのをいいことに逆襲に出た。桜の陰から躍り出て、長次郎の脳天に一撃を加えたのだ。

「イテッ」

順平も巻き添えを食い、長次郎と二人で声を上げる。当然さらに怒った長次郎が追ったものの、このときばかりは寛太も思いの外すばしっこく、そのまま校門から出て逃げ去った。

中川先生が校門の外に出て、坂の下まで逃げた寛太に呼びかける。

「おーい、寛太。寛太、いいから戻ってこい。誰も殴らんから」

あとは無言で手招きすると、不貞腐れた表情の寛太がみんなの前に姿を現した。そのまま先生が諭す。

「寛太、お前は健一が嫌いか？」

「いや、健一は優しくて親切じゃ」

「そうじゃろう？　なら、健一が死んだら悲しいなあ？」

「うん」

「だったら、そうならんように健一も頑張るし、病気になったら順平が治してくれる。な、順平」

中川先生は全員の性格をよく見抜いていて、うまく話を振ってくれる。

「はい。健ちゃんは将来どうするんだ？」

「健一、教えてやれ」

級長と先生に言われて、健一も立ち上がった。

「僕は体が弱いから、みんなのように軍隊に志願したり、遠くに行ったりはできない。その代わり桜山に残って、みんなの記録係になる」

「記録係?」

長次郎が疑問に思うのは当然だろう。記録係などという職業はない。

「うん、ここにいて、順平が医者になって戻ってくるときには、桜山初めての医者について記事を書いて、順平の人となりを村中に知らせる。長次郎が飛行機で世界一周に成功したときには、松田長次郎海軍大尉の小学校時代について記事を書く。もちろんこの村の出来事、たとえば三吉がトラックを買ったらすぐ記事にする」

話を聞いている同級生たちは次第に目を輝かせ始めた。寛太もだ。もう先ほどの自分の失言は忘れて、

「わしのことも書いてくれるか?」

と期待を込めて問いかけてきた。

「当たり前じゃ。いいか、『世界一周に成功した松田長次郎大尉の一番の親友は桜山に住む鈴木寛太君であります』」

この内容では寛太が長次郎の刺身のツマみたいな扱いとも思えたが、本人は満足したようで、

「すごいなあ、わし健一と友だちで良かったわ」

と感激してくれた。

「健ちゃんは綴り方が一番上手だったからな」

優等生の順平からそう言われると健一は照れ臭いが誇らしかった。

「うん、健一に記録係になってもらうと励みになるな」

長次郎の言葉も嬉しい。

「村で新聞を出せばいいんじゃ」

三吉の提案は考えていなかったものの、これはいいと思えた。みんなも賛同の声を上げる。中川先生がもう一つ提案してきた。

「そのときは寛太にも記事を書かせてやってくれ。寛太の綴り方はとても上手じゃ。卒業のときにもよく書けてな。他の先生方も感心された。それでみんなの綴り方をここに埋めることを思いついたんじゃ。寛太、読んで聞かせてやれ」

「わしが読むん？」

突然の指名に寛太は当惑している。そういえば、寛太の将来の夢についてはまだ聞かされていない。同級生たちはそこにも興味があって、拍手で読むよう促した。

寛太の緊張ぶりはわかりやすい。行進になれば右手右足が同時に出るし、唱歌の際には声がすぐに裏返ったものだ。

今も全員と向かい合って、自分の綴り方を広げたものの、

「……ぼ、僕の将来……」

蚊の鳴くような音量で、同級生たちは前のめりになって耳を近づけた。

「……やっぱりわし恥ずかしゅうてよう読めん。順平、読んでくれ」

急に声が大きくなったと思えばそんなことだ。順平は固辞したが、とうとう寛太に押し切られ、送辞でも読み上げるように目の前に綴り方を広げた。

「順平、頑張れ」

寛太の言葉に呆れつつも、

「おう」

と返事して順平は読み始めた。

「僕の将来。僕の友だちの坂口順平君はとても賢くて、野球もうまくて級長です。松田長次郎君はとても賢くて、野球もうまくて、駆けたら学校で一番速いです。ほんとは中学に行けるのに行きません。家にお金がないからです……」

「余計なことじゃ」

長次郎が怒ったふりをした。

「成田三吉君は親孝行で有名です。家の手伝いをよくします。優しくて妹の面倒もよくみます。林健一君は本をよく読む人で物知りで、優しくて親切でいろいろ教えてくれます。これらが僕の友だちです。決して僕をいじめないで、僕が他の人にいじめられると守ってくれます。僕の将来は……」

そこまで読み上げた後、順平はその先を黙って目で追った。そして小さな笑みを浮かべると続けた。

「僕の将来はみんなの友だちです。おとなになってもみんなの友だちでいたいです。終わり」

全員が拍手した。それはおざなりでなく本当に感動していることを示す、大きく強いものだった。

「そうか、友だちでいてくれるんか？」

つい先ほど喧嘩したばかりの長次郎に言われて、

「うん」

寛太は短く答えた。

「ありがとう、寛太。これだけ綴り方書けるんだから、今度、手紙の返事もくれ」

「うん、そうする」

釜内中学の寄宿舎に入ってから、順平はみんなによく手紙をくれた。健一もその文通を楽しみにしていた。あるとき順平から、寛太からは返事が来ない、と書いてきたことがあった。

「なあ、寛太、俺と友だちでいてくれるのは祖母ちゃんに言われたからじゃないか？」

長次郎に問われ、

「うん」

と答えて、寛太は一瞬みんなを慌てさせたが、すぐに本心を語ってくれた。

「違う。わしほんまに幸せじゃ。みんなが友だちで。長次郎は飛行機に乗せてくれる。三吉は自動車じゃ。病気になったり怪我をしたら順平が治してくれる。順平は賢いから絶対に治してくれるじゃろう？」

「おう」

順平は自分の胸を叩いて請け合った。

「健一は優しくしてくれて、色々教えてくれて、それでわしのことを書いてくれる。困ったら学校に来れば中川先生がおる。わしほんまに嬉しいわ」

最後は先生の右腕を両手で摑んで寛太は言った。

「良かったな、寛太。じゃあ、これを桜の下に埋めよう。場所は健一が記録しておいてくれ」

中川先生が健一に記録係としての最初の仕事をくれた。

みんなの綴り方は缶の中に戻され、交代で穴を掘ることになった。

中川先生が用意していたのはスコップと鍬だった。二人ずつ交代で穴を掘り、一メートルほどの深さになったところで、

「よーし、これぐらいでよかろう」

中川先生が声をかけた。

「さあ、埋めるぞ」

缶を穴の底に置き、土をかけてみんなで踏み固めた。最後に万歳三唱だ。

それから久しぶりにみんなで遊んだ。

寛太はすぐ鬼に捕まるくせに鬼ごっこをしたがり、それが終わると中川先生も入れて「水雷艦長《すいらいかんちょう》」をやった。小学生の頃にみんなで夢中になってやった陣取りの一種だ。

夕方にはみんなで桜山駅まで順平を送っていった。順平は中学三年になったこの年から寄宿舎を出て下宿生活になっていた。だから門限を気にする必要はなくなっていたが、この日のうちに汽車で三時間かかる釜内市の下宿に帰らないと次の日の学校に差し支えたのだ。

順平の乗る汽車を待つ間、先生が頼んでいた隣町の写真屋さんが来て、全員の集合

写真を撮ってくれた。

汽車が来て順平が乗り込むと、見送るみんなで万歳をした。

「やめてくれ」

頬を赤く染めた順平が嫌がると、さらにみんなの声は大きくなった。

その後、残りのみんなで中川先生の家にお邪魔した。先生のお母さんが作ってくださったちらし寿司をご馳走になった。それにみんなの大好きなおはぎも。

健一の記憶ではそれが同級生全員と遊んだ最後の一日だった。

3

流石だ、と俊一郎は感心していた。林健一先生は作家だけあって、五十年前の同級生とのやりとりを昨日の出来事のように再現した。登場人物全員の姿が映画でも観るように目に浮かんで、「戦死したお祖父ちゃんの弟」でしかなかった長次郎さんがとても身近に感じる。そういえば、幼い頃に長次郎さんがとても優秀な人だったと聞いた覚えがある。林先生の話を聞いているうちにそのときの記憶も蘇ってきた。

「海軍でも陸軍でもパイロットになるような者は、多数の応募者から選抜された優秀な人材だった」

といった話だ。幼心に、祖父ちゃんは自分の弟だから自慢しているんだ、としか思わなかった。実際にはそれほどのこともなかったろう、とみくびっていたのだ。どうやら祖父の話は事実らしい。

俊一郎が大学に進むときに、

「お前みたいな者が大学に行けるとはいい時代だ」

的なことを祖父に言われ、コンチクショーと腹の中で反発したものだが、戦前の事情を知れば確かに自分は生まれる時代に恵まれたようだ。

仏壇の上に掲げられた遺影の中の青年。生まれたときからずっと見慣れたその若者が、俊一郎の脳裏で生き生きと動き始めていた。


「ここで、戦前の教育制度について説明しなければなりませんね。在校生の皆さんはこの小学校で六年間学びますね。私たちのときも尋常小学校は六年でした。ここまでは義務教育です。その後、だいたい全体の三分の二の人は二年間の高等小学校に進み、そこを卒業すると働くことになりました。私と三吉、長次郎はそうです。浅井小学校がありますね？　私たち三人は毎日渡し船に乗って、あそこにあった高等小学校に通ったのです。桜山には高等小学校はありませんでした。それになぜ渡し船だったかというと、今浅井川に架かっている千歳橋もその頃はなかったからです。千歳橋は戦後に架けられたものなのです。皆さん、知らなかったでしょう？

寛太のように尋常小学校を終えてすぐ社会に出る人も一割ぐらいはいました。

今の普通高校に当たる旧制中学校には八パーセントの人しか進みませんでした。これは昭和十年の統計ですから、私たちの頃はひょっとするともっと少数だったかもしれません。

坂口順平君は旧制釜内中学校、今の県立釜内高校ですね、そこに進学していたわけですが、今皆さんの知っている桜山のお兄さんやお姉さんは、県立月山《つきやま》高校に通っている人が多くありませんか？　実は月山高校は戦後になってできた学校なのです。ですから、当時は中学に進もうと思うと、順平のように遠い釜内まで行くしかなかったわけです。順平は旧制釜内中学から旧制の第五高等学校に進みました。旧制中学校は五年制です。旧制高校はその上の三年間ですから、今の高校よりは大学に近いといえるでしょう。旧制五高は今の熊本大学になります。旧制高校から進む旧制の大学は今の四年制ではなく三年で卒業でした。この旧制高校の入学試験の平均競争率は七倍ほどでした。ですから旧制高校に進むのは同世代の男子の一パーセント前後だったわけです。今からは想像できない、まあエリートということになりましょうか。順平は旧制五高から九州帝国大学医学部に進みました。医学部だけは大学で四年間勉強することになります。

まあ、それは後々の話ですから、話を昭和八年のこのタイムカプセルを埋めた頃に戻しましょう。

五十年後の約束は私たちだけの秘密でした。他の誰かに知られると、掘り返されてしまうかもしれませんからね。私も家族にすら話しませんでした。それからも私たちの友情に変わりはありませんでした。順平に続いて、長次郎も予科練の試験に受かって、この桜山から出て行きました。残った三人は無論仲良くしていましたが、遠く離れた二人とも心は通じ合っていました。寛太は約束通り順平の手紙に返事を書くようになりました。月に一、二度、私の家にやってきては、順平に出す手紙を見せてくれましたから間違いありません。私も順平と長次郎には手紙を書きました。そのやりとりは私の生活の中で何より張り合いのある習慣でした。ここにその頃私が長次郎に宛てて出した手紙があります。ちょっと読んでみましょう。

『前略。先日の郷土訪問飛行、みんな感激いたしました。後輩たちと君の操縦する飛行機を見上げている間、同級生として自分のことのように誇らしかったです。三吉も同じ気持ちだったそうです。寛太は興奮し過ぎて、三吉と二人で宥めるのが大変でした。順平には手紙で知らせましたが、みんなと一緒に見られなかったのを残念がっていました。先日、三吉が順平の下宿に泊まってきました。医者を目指して勉強に励んでいるのが、部屋の様子でよくわかった、とのことです』

郷土訪問飛行というのは、パイロットが自分の故郷の上空を飛ぶことです。当時、この桜山では自動車もたまにしか見かけることはありませんでした。成田三吉君が自動車を買うと言っていたのは、まさに夢と呼ぶに相応しかったのです。ましてや飛行機です。その日は村を挙げてお祭りのような騒ぎになりました」

4

あとになって健一が長次郎自身に確かめたところでは、郷土訪問飛行といっても、実際は規則違反を犯して勝手に実家や母校の上を飛ぶ不届き者の仕業が多かったようだ。しかし、長次郎の郷土訪問は公式に認められた飛行だった。何でも霞ヶ浦での基礎訓練を終わり、桜山に近い基地での延長教育中のことだったらしい。長次郎はそこで三か月間、戦闘機搭乗員としての訓練を受けていたのだ。

基地から比較的近い地域の出身者に郷土訪問飛行をさせようという企画には、将来の志願者を確保するというわば宣伝の意味もあった。実際昭和八年から陸軍も少年飛行兵の募集を始めていたから、将来的に学力優秀で運動能力にも恵まれた少年を、陸海軍で奪い合う事態が予想されたのだ。

予科練の七つボタンの制服は後の昭和十七年からのことで、長次郎は水兵服を着せられたくちだ。それは彼とその仲間たちには不評だった。

「自分たちは操縦練習生なのになぜ水兵の服を着せられるのか」

と上層部に抗議する場面もあったという。あの七つボタンは、後にそんな生徒たちによってデザインされたものだという。

健一はその頃役場で兵事係の武居《たけすえ》主任の下、仕事をしていた。召集令状を渡すだけでなく、志願兵を募るのも兵事係の役目だ。

だから長次郎の郷土訪問飛行は、健一に一つの仕事を増やすこととなった。まず学校と実家に日時を知らせて、迎える準備をお願いした。当然、村長をはじめ村の有力者たちにも当日校庭に来てもらわなければならない。

長次郎と同級生ということで、健一は準備段階では連絡に飛び回ったが、当日は長次郎の希望に合わせて、校庭の桜の下に立っていていいということになった。これは武居主任の恩情だ。武居さんは四十代のベテランでずっと兵事係を務めていた。いずれ健一に引き継がせるということで、手取り足取り仕事を教えてくれていたのだ。

兵事係は基本的に召集されない。やっている仕事がすでに軍事に関わることだし、その土地の事情に精通している点で代用が利かない。健一は見るからに虚弱で、まず徴兵検査で甲種合格はあり得ない。乙種どころか丙種に回される可能性が高い。

「軍人として活躍できる者をこの仕事につかせてはもったいなかろう。林君ならその点ずっとこの先任せられそうじゃ」

という話になったのだ。人によれば、「情けない」とか「申し訳ない」などと思い煩うかもしれないが、健一はそれで自分が役に立てるなら願ってもないと考えた。

郷土訪問飛行の当日、健一が学校に行くと、寛太はすでに桜の前に陣取っていた。

「健一、長さんはどうしてわしらにここで待つように言うたのかなあ？」

「それはあれじゃろう？」

「……何かなあ？」

「ほら、あれじゃ、昭和五十八年のほれ」

「昭和五十八年？」

「うん、寛太も楽しみにしとるんじゃろう？」

「……あ、ここにみんなで埋めた」

「シッ！　秘密じゃ」

「そうじゃ、秘密じゃった」

「寛太、ちょっと待っていてくれるか、これから仕事を済ませてくる」

健一は学校の先生たちと最終的な打ち合わせをした。来賓のお世話は武居主任にお願いしてあったので、あとは長次郎の飛行機を待つばかりだ。

自分のことのようにドキドキする。長次郎のことだから、もう立派な操縦士になっているのだろうが、うまくこの学校の上を通過してくれるだろうか。

寛太と一緒にいる桜の場所からは長次郎の実家が見える。その屋根にも何人かの人影が見えた。長次郎の兄の正太郎さんや家族親戚たちだろう。

「なあ、三吉遅いのう」

寛太が心配しはじめた。

「いや、まだ大丈夫だよ」

三吉は仕事を抜け出して来る。ぎりぎりまで店にいるか配達に出ていることだろう。

やがて、在校生たちが校庭に出てきて、中川先生の指導の下、人文字の配置につき始めた。中川先生は教え子の郷土訪問飛行ということで張り切っている。健一が先日打ち合わせに職員室を訪れたときも、

「おそらく桜山で飛行機に乗った者はおらんのと違うか？　ましてや操縦するのは松田長次郎が初めてじゃろう」

と鼻息荒く断言していた。

卒業文集「私の将来」に書いた夢とは別の道を進んだのは長次郎だけだ。その彼が真っ先に希望を叶えた。そのことも中川先生は口にした。

「わからんものだなあ。だが、長次郎ならどんな道に進んでも頑張っただろう。健一、そうは思わんか？」

確かにそうだ。勉強でも運動でも順平と競い合っていた長次郎は、根性では誰にも負けていなかった。順平はたびたび、

「長次郎に申し訳ないと思うことがある」

と言った。

「長次郎ならうちの中学でも十番以内に必ず入れる」

とも。これに対しては、当の長次郎が、

「気にするなよ。順平は恵まれているだけでなくて、努力もしてるじゃないか。それはみんな知ってる。立派な医者になれよ」

と逆に励ましていた。自分の不遇を愚痴らず、気後れすることもなく我が道を進むのが長次郎だ。

「よーし」

満足そうな中川先生の声が聞こえた。人文字が出来上がったようだ。上空から見ると「松田くん」と読めるはずだ。中川先生は続けて訓示を始めた。

「本日、この母校の空を飛んでくれる諸君らの先輩、松田長次郎君は先生の教え子である。本校にいた頃からじつによく努力する人であった。諸君らも見習って先輩に続くよう頑張るように。それが、今や海鷲としてこの日本の空を守り、その勇姿を後輩

の諸君に見せてくださる松田先輩への恩返しである。では、先輩の到着をこの場で待とう」

そのとき、額に汗を浮かべた三吉が駆け込んできた。

「おお、間に合った」

仕事着のままで、頬が少し炭で黒ずんでいる。

「なあなあ、三吉。長次郎がどうしてここで待つように言うたかわかるか？」

寛太が少しばかり得意げに言った。

「え？　そりゃ、あれじゃろう？　ここにみんなで埋めた……」

「シッ！　秘密じゃ」

「あ、ああそうじゃったな」

寛太はこうして同級生が顔を揃えるのが嬉しくて仕方ないらしい。健一もそうだった。五人全員はなかなか難しいが、こうして顔を合わせるたびにそれぞれの夢を思い出して、自分も頑張ろうという気持ちが新たになる。

「昭和五十八年かあ、みんな変わってるんだろうなあ」

健一が五人の仲間にだけ通じる話をすると、

「ああ、変わる。長次郎が本当に空から帰って来るようになったんじゃ。他のみんなも変わる」

三吉はよく晴れた空を見上げて言った。

「三吉はトラックを買うじゃろう」

「そうなるとええのう」

「いや、そうなる。そして順平は医者になる」

「優秀な医者じゃ、下宿で沢山本を積み上げとった。努力家なんじゃ順平は」

三吉は釜内高等女学校に進んだ妹富子の様子を見に行ったとき、順平の下宿に泊めてもらっていた。

順平は中学四年修了での高校合格を目指していた。それを公言して頑張るところが彼らしかった。

「また優等賞もろうたて順平の手紙に書いてあった」

意外なことに寛太が会話に加わった。心ここにあらず、といった風情で空を注視していたのに、ちゃんと二人の会話を聞いていたらしい。

そのとき健一は低い爆音を聞いたような気がした。

「あ、あれ!」

三吉が上空を指さしたのと、人文字の中から歓声が上がったのが同時だった。

八機の編隊だった。複葉《ふくよう》の練習機だ。先頭が教官機で後ろに続くのが郷土訪問を許された練習生だろう。

編隊の真ん中辺りにいた一機が、翼を返して降下してきた。真っ直ぐこの校庭目指して降りてくる。

「ばんざーい！」

人文字が飛び跳ねた。

三人は桜の木の前に出て大きく手を振った。

「長次郎！」

健一は心臓が口から飛び出しそうなほど興奮していた。

複葉機は校庭に迫ってくると機首を起こして上昇を始めたが、そのとき操縦席の長次郎の顔が見えた。間違いなくあの飛行機は同級生が操縦しているのだ。

いったん上昇した機は、今度は松田家の方に降下していった。屋根に登っている人が大きく日の丸を振っているのが見えた。

そこでまた機首を起こした長次郎は再び校庭に向かって急降下すると、リボンのついた通信筒を投下した。中には長次郎の書いた、後輩を大空へ誘う言葉があるはずだ。

それは見事に人文字の真ん中辺りに落ちていった。

周囲にビラが落ちてきていた。編隊の他の七機が撒いていたのだ。

三回の急降下の後、長次郎は去っていった。徐々に興奮の熱が引いていく中で、

「長次郎！　乗せてくれ」

寛太が突然叫んだ。歓声を上げているうちは忘れていた約束が急に心に浮かんだらしい。

「寛太、今は無理じゃ」

「わし、約束したんじゃ」

「そりゃ知っとるが、今日は無理じゃ」

「わしは長次郎の親友なんじゃ」

「それも知っておる」

寛太と三吉の会話を聞いて、健一は笑いが止まらなかった。

足元に落ちているビラを拾うと、

〈来たれ！　大空が君を待っている!!〉

そんな文字が躍っていた。

「私たちは希望に満ちていました。大空を飛ぶ長次郎の姿は全員の夢の象徴でした。みんなの夢は必ず叶うと信じることができたのです。

しかし、私たちの行く手にはあの戦争が待ち構えていました。私は体が弱くて育たないだろうと言われていた子どもでした。戦後の医療の進歩が今の健康な生活をもたらしてくれたのです。その私が今、こうして五十年前に埋められた、友の懐かしい作文を手にしております。何という皮肉でしょう。私の健康を気遣ってくれていた同級生たちは誰一人として戦場からこの桜山に帰っては来なかったのです。

私はみんなの記録係になる約束をしておりました。この場をお借りしてその約束を果たそうと思います。先の大戦ではこの桜山から大勢の若者が出征し、四十三人が帰ってきませんでした。私の同級生はそのうちの四人です。当時私は、役場で召集令状を届ける仕事をしておりました。よく映画やテレビで召集令状のことを赤紙と呼ぶシーンを皆さんもご覧になったことがあるかもしれません。確かに赤い用紙だったのですが、これは郵便屋さんが届けるのではなくて、役場に私のような兵事係と呼ばれる者がいて、軍籍名簿というものを管理して、本人に直接届けていたのです。ですから私は先に申し上げた大勢の方々の出征の事情についてはよく存じ上げております。

成田三吉君は日米開戦前の昭和十六年夏に召集されました。彼は砲兵隊の観測兵としてとても優秀だったので、早くに召集されたのかもしれません。誰を召集するかは、軍の決めることですが、兵事係は『在隊間成績調書』というものも管理していましたから、私は彼の兵隊としての勤務状況、品行、賞罰などを知ることができたのです。三吉は優秀な兵隊さんでした。商売人として目端の利いて誠実だった彼のことですから、軍隊でも重宝されたのでしょう。社会人として有能であれば、軍人としても有能なのです。彼にとっては二度目の召集でした。砲兵隊の観測というのは、敵を攻撃するときに着弾点の見えるところまで行って、味方に照準の修正を指示する係です。その指示に従って砲の方向や角度を変えて目標に命中させるのです。ですから、観測兵は敵に居場所が知られると狙い撃ちにされて戦死率が高いものでした。そんなこともあって、成田君は令状を受けた際、ある種の覚悟をしたようです」

6

召集令状を届けるのは日が暮れて暗くなってからという慣習があった。主に防諜上の理由からそうだったのだろう。昼間兵事係が令状持参でウロウロしていては、兵の補充動員があって近々軍事的な動きがあることが知れてしまう。

役場に「動員令予報」の電話が入ると、宿直の人が健一の自宅に知らせに来る。すぐ役場に行き、武居主任と村長、書記、収入役らと顔を揃えているところへ、警察官が召集令状を持ってくる。それを「在郷軍人名簿」と照らし合わせて氏名に間違いないか確認し、それから本人の家に向かう。当時はまだそんなに普及していなかったが、電話がある家には電話で連絡して留守にしないようお願いしたものだ。本人がいないときには家族に渡すことになっていた。

三吉の場合は、夜必ず自宅にいることはわかっていた。

炭屋の利益は大きなものではない。彼らは売った後に残された炭の粉を糊で丸めた炭団《たどん》を販売した。原価がタダだからささやかながら確実に利益になる。慎ましい商売の知恵だ。

三吉は昼間の販売や配達が終わると夕食後に炭団作りに精を出す。だから、九時頃に行けば必ずいるはずだった。

三吉は十七歳のときに肋膜炎を患ったことがあり、徴兵検査では乙種となった。それで現役での入営はなかったのだが、昭和十四年九月に臨時召集となり、翌年三月に召集解除で帰郷した。

あとから考えればノモンハン事件での補充召集だ。兵隊は庶民の集まりだ。庶民のしたたかさは兵隊も持っている。その情報伝達の速さと正確さは侮れない。当時は新聞でも報道されていなかったにもかかわらず、内地で待機中の兵隊の間に、ノモンハンでの激戦の模様は伝わっていた。それも、「ソ連の戦車群に野戦病院まで蹂躙されたらしい」とまるで見てきたかのように具体的な噂だった。

半年だけとはいえ、三吉はそんな兵隊の中で暮らした。つまり三吉はもう「皇軍の必勝」を信じる無邪気な少年ではなかった。その覚悟は決して根拠のないものではなかったのである。

三吉へ令状を渡しに行く健一の心中も穏やかなものではなかった。

戦死公報を届けるのも兵事係の仕事だが、このところそれは増えている。遺族に泣かれても辛いが、

「ご苦労様です。お世話になりました」

と気丈にされてはなお辛い。こちらからは何を言っても嘘臭くなる気がして、言葉を無くした健一は無言でお辞儀するしかない。

戦死が急に身に迫ってきたのは、その前年に桜山尋常小学校で二級上だった畑中良《はたなかりょう》治《じ》の戦死公報が来たときだ。

（え！　あの人が？）

と氏名から顔が鮮明に脳裏に蘇ったのはそのときが初めてだった。確かに小さな村のことだから、それまでの戦死者もまったく知らない人ではなかったが、畑中良治は子どもの頃から身近にいた人物だった。

住居のある地名をつけて「新田《しんでん》の良治」といえば、少し乱暴な怖いイメージが下級生の健一たちにはあった。実はそんなに怖い人物ではなく、小学校で二級上となれば体も大きく感じて、それに気圧されていただけのことだ。要は子ども同士だったという話である。

良治が優しい人だったという確信が健一にあるのは、高等小学校時代に隣町でばっ

たり出会ったときの記憶があるからだ。

順平を除いた四人の同級生で隣町まで出かけたとき、自転車に乗った良治が、

「おい」

と声をかけてきた。高等小学校を卒業した良治は家を出て、その町の菓子問屋に奉公に出ていたのだ。

「久しぶりじゃのう」

小学生の頃はちゃんと会話をしたことのない良治だったが、桜山が懐かしいのかよくしゃべった。健一たちは、

「はい」

とか、

「そうです」

ぐらいしか返事をした覚えがない。

「そんなら、わしは仕事じゃから行くわ。これ」

良治は自転車の後ろの大きな籠からお菓子を何袋か出して健一たちにくれた。

「いいんですか？」

「ああ、残りものじゃ。みんなで食べてくれ」

そう言うと自転車にまたがって去っていった。

戦死公報に接して最初に健一の脳裏に浮かんだのが、そのときの畑中良治の後ろ姿と、もらったお菓子のニッキの味だった。そんなに親密ではなかった彼は、あのニッキの味だけを健一に残してこの世を去った。

寛太は昔の怖い印象が拭えないようで、

「突撃で敵陣に真っ先に突っ込んで死んだんじゃろうのう」

と良治の戦死の状況を猛々しいもののように想像していたが、健一はそんな風には思わなかった。突撃して死んだにしろ、それはとりわけ勇猛に突き進んだわけではなく、指揮官の命令通りに塹壕から飛び出て運悪く敵弾を浴びたように思えた。

成田炭屋は線路に近いから時折列車の行き過ぎる音が轟く。夜になるとそれはさらに大きく聞こえるのだった。通りの角を曲がった健一の目に三吉の家が見えてきたとき、寂しそうな機関車の汽笛が響いた。

店の前の電柱には街灯が取り付けられていて、そこだけ明るい。闇にぽっかりと浮かぶ三吉の家が、その夜の健一には随分遠くに感じられた。

店の前に立つと内側のカーテンが閉まっているガラス戸に自分の姿が映った。どうしてもいつもとは勝手が違った。いつも召集令状を届けているようにはいかないし、いつも三吉を訪ねるようにもいかない。

カーテンの隙間から三吉の動いているのが見えた。夏のことだから暑さしのぎに戸は半分開いていた。

「三吉」

そう声をかける健一に目を向けず、

「おう、健一か。ちょっと待て、今お茶淹れるから」

三吉は作業の切りのいいところまで手を動かし続けた。

健一は黙ってそれを見守った。三吉が顔を上げて目があった。

「……来たか？」

「来た」

それだけで用件は伝わった。軍手をとりながら近づいてきた三吉は、健一が封筒を差し出すと会釈して受け取った。赤紙を取り出して読み始める。頭の中でこれからの算段をしているのだろう。

「仕方がない、お国のためじゃ。健一、うちの者をよろしく。親父も年じゃが、俺の代わりに頑張ってもらわにゃならん」

「僕じゃ頼りないじゃろうが、任せてくれ」

「それに富子のことも気がかりじゃ。あいつも二十歳じゃが、若い者が兵隊にとられて嫁に行けるかのう」

「富ちゃんは評判の器量よしじゃ、三吉が心配せんでも嫁に欲しいところはいくらでもある」

実際、富子は成長するにつれて綺麗になっていた。今は家を手伝っている富子だが、桜山尋常小学校を卒業後、釜内高等女学校で学んでいる。

これは兄の三吉の頑張りによる。彼女の学費のために彼は遠方の工場の寮にも配達した。常に販路を拡張することに熱心だった。あまり豊かでない家庭でも娘の縁談での「釣書」のために、多少無理して女学校まで行かせるのは珍しいことではない。とはいえ、妹のためにここまで頑張る兄は珍しい。

それは富子もわかっていて、甲斐甲斐しく兄を手伝っている光景はよく見られた。その姿に二人を若夫婦と勘違いする人もいたほどだ。

「俺の出征中に知らん男との縁談が決まるのも心配じゃ」

これには健一も答えようがなかった。三吉には富ちゃんの縁談に意見する資格があるようにも思えるし、他家に嫁ぐ妹のことをそこまで心配する必要はないようにも思える。

「ハ」

小さく息を吐いた三吉が急に声を高めてしゃべり始めた。

「健一、富子を嫁にもらってくれんか？」

「何を言い出すか、僕がよくても富ちゃんの気持ちもあるじゃろう」

「いや、あいつは健一のことを昔からよう知っておるし、好ましくも思うとる。兄の俺にはわかるんじゃ。もらってくれんか？」

出征が決まって急に祝言を挙げるということは特別珍しくはなかった。実際、兄の出征が決まったので妹の結婚が早まった話も聞いたことはある。

「健一さえよければ明日でもいい。な、もらってくれ。……富子」

三吉は店の奥の住まいに向かって妹を呼んだ。その腕を摑んで健一は叱るように言った。

「無茶言うな、三吉」

それで黙ってしまったところをみると、三吉も自分の言い分に無理があることはわかっていたのだ。彼は赤紙と封筒を手にしたまま、傍らの炭俵の上に座り込んだ。

「……兄貴二人を亡くして、富子はたった一人の兄妹《きょうだい》じゃ。せめてあいつの花嫁姿を見ておきたい」

こんなに切実に願いを語る人間を健一は初めて見た。

「帰ってからゆっくり見たらええ」

「……今度は俺、ダメなような気がする」

一瞬、健一の脳裏に最後に見た畑中良治の姿が浮かんだ。

「何を言うんじゃ、絶対帰って来い」

健一は心の底からそう願った。そしてそれは三吉に伝わっていた。

「わかった」

「帰って来いよ」

もう一度告げたとき、

「あら、いらっしゃい」

奥から富子が顔を見せた。

7

「それからしばらくして、成田君は出征しました。よその地方は知りませんが、この地域では出征する兵士は必ず母校の尋常小学校から出発するならわしでした。学校で村長から訓示を受けて、その日に児童が登校していれば、一緒に駅まで行って、万歳で送り出したのです。子どもたちからすれば、自分たちの先輩である兵隊さんを見送るのはとても気分の高揚する瞬間でした。兵隊さんを尊敬するように教育されていたわけですからね。その年の四月から尋常小学校は国民学校と名称を変えていました。三吉を見る子どものキラキラ輝く目が忘れられません。子どもたちが激励のために「出征兵士を送る歌」を歌ってくれている間、直立不動の三吉は何を考えていたのでしょう」

8

三吉は桜山国民学校の校庭で型通りの挨拶をした。いつの時代も本音と建前はある。三吉の父は徴兵検査で甲種合格、二年間の兵役を務めていた。だから、軍隊生活については よく理解していた。

「ええか、手柄を立てようなんて思うなよ。ちゃんと怪我もせんで帰って来い」

人のいないところでそう話していたと、ずっと後になって健一は富子から聞いた。

青々とした坊主頭で胸を張り、軍人らしく見送りの人々に敬礼をして三吉は母校を後にした。その目に焼き付けられた風景は戦地で彼の夢に現れたことだろう。

三吉が出征して四か月後、日本は米英との戦争に突入したのだった。

9

驚いたことに、友人に召集令状を渡す辛さは、小学生にも伝わっているようだった。俊一郎自身も戦後生まれにかかわらず、身につまされて重い気分になっていた。昨年春から桜山町役場に勤めているが、当然兵事係はない。若い頃の林先生が経験したような辛い思いをしないですむ。

俊一郎は自分が思い違いをしていたことに気づいた。まず、なぜだかわからないが、戦前の日本をただ単純に暗い社会だと思い込んでいた。ふつうに明るい場面もあったことは考えてみれば当然だ。

また、遺影の長次郎さんを「戦争で死んだ祖父ちゃんの弟」としか見ていなかったように、戦前の若者にも叶えたい夢があり、それに向かって頑張っていたこともイメージしていなかった。どう言えばいいか、洗脳されたロボットのような集団が戦前の日本人だと思い込んでいた。

出征する息子や友だちに、

「死ぬなよ」

「帰って来い」

と言うのは人間として当たり前なのに、「死んで帰れと励まされ」の方が一般的なのだと信じ込んでいた。

だから、林先生の体験談がとても新鮮に思えたのだ。

(聞かなきゃダメだな)

体験者の話を聞かずに先入観を持っていたのが恥ずかしい。

俊一郎は林先生の話に集中した。

「鈴木寛太君は、成田三吉君より二年遅れて召集されました。寛太に令状を渡しに行ったとき、私は三吉と寛太、二人の幼馴染の本当の優しさを知りました……」

10

児童たちはこの鈴木寛太という人物に好意を持っているようだった。林先生の思い出話に登場する寛太の行動や発言で、彼が少し滑稽なエピソードに彩られた愛すべき人物だと伝わったのだ。

その寛太が召集されたという話に、子どもたちの間に少し動揺が走ったようだ。後方から子どもたちを見ていた俊一郎にはそう感じられた。

11

昭和十八年にもなるとほとんどの若者が村から消えていた。寛太の祖母は、内心ほっとしていたに違いない。不出来な孫の行く末を心配していた彼女だが、ここに至ってその出来の悪さのおかげで戦地に行くことを免れているのだから。

その寛太が召集されたのは健一にも意外だった。しかし、健一以上に驚き怒ったのはその祖母だった。

「うちの孫を取るようじゃ、この戦争はもう負けじゃ。あんたもそう思うじゃろう？　負けじゃ、負けじゃ」

辺りを憚らず大声で言うのを、必死に宥めてから令状を渡し、寛太の居所を教わって鈴木家を出た。

寛太は田んぼで農作業中だという。

その頃はもう夜間に赤紙を渡すこともなくなっていた。アメリカと戦端を開いて一年半、もう根こそぎ動員は隠しようもない。

この日も鈴木家を訪れたのは午後まだ早い時刻で、寛太は一人で田の草取り作業中だった。

「寛太」

声をかけると、

「おう、健一」

額から汗を流した寛太が顔を上げた。体を動かすことを厭わない男なのだ。

「お前、召集されたぞ」

「ほんとか？　令状来たんか？」

「うん」

「健一、何をボサッとしとるんじゃ。下りてこい。わし、令状見たいんじゃ」

「令状は祖母ちゃんに預けてきた。寛太はここだって聞いたから」

「そうか、わし嬉しいわ。みんな出征しているのに肩身が狭かったからなあ」

「そうか、僕も肩身狭いわ」

実際、兵事係は召集されないことは知られていたものの、この頃は健一に向けられる周囲の目に冷たい変化が起きていた。

「三吉が言うてた。健一は記録係じゃから召集されたらいかん、て」

「……そうか、三吉そんなこと言うてたか？」

「うん、健一と二人で仲良うしててな、そう言うてたわ。……健一、独りぼっちやな？」

「うん、そうやね」

二人は目を合わせたまま笑った。これには同級生だけに通じる事情があった。

小学校時代、何かで二人一組を作る場合に、余った一人を「独りぼっち」と冷やかしたのだ。それはしかし、同時に羨ましい存在でもあった。余った子は中川先生とペアになれるからだ。だから仲間内では「独りぼっち」に悪い意味はなかった。

寛太はそんな子どもの頃の思い出を共有するかけがえのない幼馴染だ、健一は改めてそう思った。

「そうじゃ、わし戦地から手紙出すわ。そしたら少しは寂しくなかろう？」

「うん。寛太は優しいなあ」

「そんなことない。健一、いつも『少年倶楽部』貸してくれてたろう？　わし『のらくろ』大好きじゃから嬉しかったわ」

四年生ぐらいから「少年倶楽部」は同級生のバイブルになっていた。最初健一が「苦心の学友」というユーモア小説に夢中になった。それに他の同級生も影響され、やがて「少年倶楽部」はみんなの話題の中心になったのだ。

といっても、毎月買ってもらえるのは順平と健一だけで、あとは回し読みだ。

順平は屋外での活動も忙しいからすぐには読み終わることができない。健一は読書三昧の毎日なので、すぐ読み終わり、寛太に回した。寛太は読書にも時間がかかる。寛太が読み終わる頃には、順平から回った「少年倶楽部」を長次郎と三吉も読み終わっていた。

健一が読み終わったばかりでまだ綺麗なままの「少年倶楽部」。それを渡されることが、寛太は嬉しかったようだ。

「そんなに喜んでくれてたんか？」

健一は意識していない些細なことだった。それを恩義に思ってくれていることに健一は心の中で涙した。

「健一と会うと嬉しいことばっかりじゃ。今日も召集令状持ってきてくれるし。祖母ちゃん、喜んどるじゃろうなあ。わしが出征する言うたら、びっくりしとったじゃろう？」

健一はこの幼馴染の人生を思った。両親を早くに亡くし、祖母との二人暮らし。祖母はこの純朴過ぎる孫の行く末を心配していた。

「この婆が死んだら、寛太はどうやって生きてゆけるじゃろうか。あんたは友だちじゃろう？　寛太のことを頼むでのう」

健一はそう頼まれたことがある。三吉も言われたという。長次郎に至っては、ごくごく幼い頃から耳にタコができるほど聞かされていた言葉だったに違いない。

健一は寛太の笑顔を見ていることが辛くなってきた。

「寛太、元気で帰っておいで」

「うん。健一も元気でな。そうじゃ、わし戦地で順平と三吉捜すわ」

「そりゃええのう」

「会えるかのう？」

「会えたらええなあ。会えたら手紙に書いてくれよ」

「うん、絶対書く。じゃあな、健一」

寛太も桜山国民学校の桜が見下ろす校庭で、元気に挨拶して出征していった。

出征した若者は帰ってきたときにもこの校庭に立つ。まだ幼顔だった若者が「凱旋」してくるときには見違えるほど逞しくなっていたものだ。

戦死した場合も、この校庭で遺族に白木の箱が渡される。かつて畑中良治もそうだった。彼はかつて遊んだ校庭に、カラカラと箱の中で微かな音を立てる骨のかけらとなって帰ってきた。

それは年を追うごとに増え、寛太が出征した時期には急激に数を増していた。そして、カラカラとも言わない骨箱が帰ってくることが多くなった。

それに対して「凱旋」してきたのは、健一の記憶ではその年は一人だけだ。南方からの「野戦帰り」は痩せた体から異様な殺気を発散させていて、健一はその目を見るのが恐かった。

しばらくして役場に人の好さそうな男性が訪れた。話しているうちにその人物があの「野戦帰り」だとわかった。健一が見違えるのも当然だった。顔色も体形も変わり、何よりあの「殺気」は完全に影を潜めていた。

その人はショートランド島というところで高射砲部隊にいたと話してくれた。

「空中戦が終わると、落下傘がいくつか開く。敵機の操縦士の場合その落下傘を友軍の戦闘機が取り巻いて狙い撃ちするわけじゃ。高射砲の照準器は望遠鏡みたいなものじゃから、それを覗いている兵隊が、『あ、今死んだ』と言う。落下傘の紐を持っていた手がぱたっと落ちるのでわかるんじゃのう」

脱出した操縦士を撃ち殺すのは気の毒に思うが、

「それが戦争」

と言われれば、戦地を知らない健一に返す言葉はなかった。

その友軍の戦闘機の中に長次郎もいたのだろうか？

他のみんなもそんな殺し合いの中にいるのだ。健一はしばらく胸騒ぎが収まらなかった。

寛太からは一度葉書が届いた。健一は返事を書き、次の便を待ったが、いつまで待っても彼からの軍事郵便が届くことはなかった。

12

「私が召集令状を渡した同級生は三吉と寛太の二人です。松田長次郎君はみんなより先に海軍航空隊で軍務についておりましたし、坂口順平君は昭和十七年に九州帝国大学医学部を卒業すると、そのまま軍医の道に進みました。長次郎は日米開戦前から大陸で戦っていましたが、その後はラバウル航空隊に所属するなど、各地を転戦した後、内地で教官として後進の指導に当たりました。順平もまず中支、中支というのは中国の中部地方ですね。そこで軍医としての経験を積み、その後彼の部隊は南方に移動したようです。三吉も召集直後は満州にいて、日米開戦と同時に南方に派遣されました。これは本人からの手紙の内容で推測していたものを後に公報などで確認したことです。軍隊で出す手紙は検閲を受けますから、そのときの居場所など詳しいことは伏せられています。ですが、ヤシの木の絵が描かれていると、『ああ、南方にいるんだな』とだいたいの見当はついたのです。

戦後、私は記録係としてみんなの最期についてできるだけ詳細に調べようと試みました。それが私の役割だと信じたのです。

海軍航空隊の松田長次郎君の場合は、最後の出撃の前に帰省し、私は会うことができました」

13

昭和二十年、この田舎でも物資の不足が身に迫るようになっていた。兵事係として健一の仕事は多忙を極めた。それも召集令状よりも戦死公報を手にすることが多くなっていた。

四月一日。日曜日だった。健一は自宅にいた。嫁いだ姉はすでに実家にはいなかったし、妹二人は国防婦人会の勧めで軍需工場に出ていた。いわゆる挺身隊《ていしんたい》だ。ふだんは釜内にある軍需工場の寮で暮らす二人は、この日も帰ってくる気配はなかった。

昼食を終え、二階の自室で久しぶりに本を広げているところへ、

「ごめんくださーい。健一、いるかあ？」

大きな声がした。間違いない。幼馴染の声だ。

一階に下りると、座敷に面した土間に紺の一種軍装の海軍士官が立っていた。

「長さん！」

「おう」

「よう帰ってきたなあ。まあ、上がって」

「いや、すぐ行かにゃいけん。明日隊に戻る。まだ家に帰ってない。駅から直接ここに来たんじゃ。これから墓参りもせんと」

「また外地に行くんか？」

「健一も知っとろう。外地に俺が赴任する基地はもうない。実は最後の休暇をもらった」

それは長次郎が特攻隊として出撃することを意味していた。だが、そのことを確かめる勇気が健一にはなかった。

「長さん、教えとるんじゃなかったんか？」

「うん。そうなんだが、教え子たちがみんな体当たりしているのに、教官の俺が生き残るわけにはいかんだろう。ここだけの話、ぼやぼやしてたら戦争が終わってしまう」

「戦争終わるか？」

「去年のサイパン玉砕以降、この戦争に勝てると思っている海軍士官は一人もいないよ」

それは健一も感じていたことだった。口にしたことはないが、総動員で戦っているものの、国家の上層部では停戦に向けて高度な外交努力がなされているだろう。庶民の事情で決められるなら、今すぐこの戦を止めてもらいたい、戦死公報を届けに歩きながら健一は何度もそう思っていた。

「健一、記録係だったよな。みんなによろしく。そうだ、暗号を決めておいた。出撃が決まったら日時を知らせるから、あの桜の木のところにいてくれ。空から挨拶に寄るよ」

「長さん」

「そのときは中川先生にも知らせてくれ。家の連中には別に知らせるから、また屋根に上って送ってくれるだろう。これ、暗号」

長次郎は小さく畳んだ紙を健一の目の前に差し出した。健一は今起こっている事態がすぐには呑み込めず、目の前の紙を取るのを躊躇した。すると、長次郎は差し出した右手をさらにグッと突き出してきた。仕方なく受け取った健一に、

「他のみんなは元気かな？」

そう尋ねた長次郎の声からは急に軍人らしさが抜けていた。

「みんな元気でいるはずだ」

幸い、同級生の戦死公報は届いていない。どこかの戦場で元気に働いていると信じるしかなかった。

「そうか、良かった。そうだ、寛太を飛行機に乗せる約束をしていたのに果たせなかった。俺の代わりに謝っといてくれ」

「長さん」

健一は何と答えればいいのか言葉を失っていた。体が弱い健一は同級生の中では一番「死」が身近にあったはずだ。そんな自分でも誰かに向けての「永遠の別れの言葉」を考えたことはない。明らかに今、長次郎は最後の面会に来ている。彼は何を言い残すつもりだろう。

「それじゃあ、これで。どうも長い間、お世話になりました」

長次郎は姿勢を正すと、実にスマートな海軍式敬礼をした。座敷に正座する健一の目とほぼ同じ高さにあったその瞳は、何の迷いもなく透き通っていた。

敬礼の手を下ろした長次郎はくるりと背を向けるとそのまま外に出て行った。あまりの呆気なさに健一は放心状態になってしまった。

残されたのは手の中にある紙だけだ。それを広げてみる。

（イ＝日曜日、ロ＝月曜日、ハ＝水曜日……）

と暗号表になっていた。つまり、

「イノジュウヨジサクラヤマ」

という電文であれば、

「日曜日の午後二時に桜山上空の予定」

ということだろう。

健一の背筋に冷たい電流が走った。もう長次郎には会えないのだ。

「長さん！」

健一は素足のまま土間に飛び降り、まだ近くにいるはずの長次郎を追いかけた。


しかし、長次郎の姿はすでに近くになく、一度家に引き返した健一は改めて外出着に着替え、靴を履いてゲートルを巻くと長次郎の家まで行った。

松田家の周囲には、日曜日ということもあって近所の子どもたちが群れていた。海軍士官は子どもたちの憧れの的だ。しかも長次郎は戦闘機のパイロットとして数々の空戦を経た、予科練から叩き上げの海軍中尉だ。子どもたちにとって軍人としての重みが違う。長次郎が帰省しているという噂はすぐに周辺に流れたのだろう。

家の中に声をかけると、着物に着替えた長次郎が出てきた。健一は墓参りに同行した。松田家の墓は学校近くの丘の斜面にある。

墓参りの後、二人で学校に行き、蕾の膨らみ始めた桜の下で話した。

「俺だけは志願だからな。みんなより先に死ぬのは当たり前だ。俺だって死にたいわけじゃない。俺にとっての精一杯の生き方を選んだ結果だ。昭和五十八年、他の全員で集まってくれよ。みんな変わっているだろうけど。俺もそんなみんなの姿を見るのを楽しみにしてたんだ」

桜の木の下には三十八年後に掘り返される文集が埋まっている。それが埋められた辺りをじっと見て長次郎は言った。

「あの綴り方に書いたみたいに、叔父さんの鍛治屋を手伝ってりゃあ、俺もそこにいられたかな？」

その日は家族との最後の団欒を邪魔するわけにもいかず、まだ明るいうちに長次郎と別れた。翌日は月曜日で、仕事に出た健一は長次郎を駅まで見送ることはできなかった。

14

「特攻隊というのはね、低学年の皆さんにもわかるように説明すると、爆弾を抱えた飛行機でアメリカの軍艦に体当たりしていくんです、ですから、必ず死ぬとわかった出撃です。戦後、私の調べたところでは、特攻隊は建て前としては志願制でしたが、実際は飛行経験のあまりない若いパイロットが中心になって突っ込んでいったようです。長次郎のようなベテランは特攻機の護衛に回って戦果を報告するような役目が一般的でした。ところが、長次郎は自分から特攻出撃を望んだのです。彼の帰省から一週間後、暗号の電報が届きました。その頃陸軍も海軍も沖縄のアメリカ艦隊を攻撃するために、鹿児島に特攻基地を設けていました。長次郎はその鹿児島に移動する途中で、空からの挨拶に寄るというのです。私は中川先生とあの桜の下で待ちました。今日と同じく桜は満開でした」

15

以前の郷土訪問飛行と違って、今回は長次郎が個人的に実行する訪問だ。完全に軍規に違反する行為になる。

しかし、この頃故郷の上空を低空で飛ぶ特攻機は各地で見られていた。中には自宅近くの河原に着陸して家族に別れを告げ、再び飛び立った機があったという噂も耳にした。

「どうせ明日の命はないのだから」

と上層部も黙認していたのかもしれない。本来なら編隊を勝手に離れただけで軍法会議ものだ。それもかなりの重罪に問われるはずだ。

未熟なパイロットが実行するには危険の伴う行為で、実際、親だか親戚だかに顔をよく見せようと、低空まで高度を落として山の木に接触して墜落、搭乗員が殉職した陸軍機の例もあった。

その点、長次郎は日米開戦前から実戦を経験していたベテランで、ソ連製の中国軍機からアメリカ軍のロッキード、グラマンまでを相手に戦った優秀なパイロットだ。

事故の心配はまずないだろう。

ただ、優秀なパイロットであるだけに、海軍としても温存しようと図ったらしく、志願に当たって、長次郎は血判状まで書いたという。

昭和二十年の日本は飛行機も不足していたが、パイロット不足はさらに深刻だった。飛行千時間を超えてやっと一人前だと言われていたものが、とてもではないがそこまで訓練に時間を割く余裕はなくなっていたので、この頃はパイロットの戦場での平均寿命は一週間と言われていた。経験不足のまま第一線に出るので、この
海軍予備学生出身のパイロットは、

「高度四千メートルから四十五度の角度で敵艦に突っ込むだけなら何とかできるかもしれない」

と考えて特攻を受け入れる者もあったという。どうせ一週間で死ぬのなら、という前提での話である。実際はそうやって真っ直ぐ飛行機を突っ込ませるのも難しいものらしいが。

長次郎はそんな若いパイロットとは技量が違う。整備の行き届いた最新の零戦や紫電改に搭乗すれば、そう易々と空中戦で落とされることもないだろう。つまり特攻に用いられる駒ではない、と誰もが認める存在なのだ。

やはり若いパイロットを指導して、特攻に追いやってしまった自分が許せなかった、としか思えない。いかにも一本気な長次郎らしいやり方だった。

「先生」

暗号に指定された日。期せずして桜は満開だった。健一が学校に行くと、その満開の桜の下で中川先生が佇んでいた。なぜか長身の先生が小さく見えた。

健一は先生の背中に声をかけた。

先生は少しだけ振り返る動作をしたものの、健一とは目を合わさずに小さく頷き、

「ここにみんなの夢が埋まっている」

二人だけに通じる言葉を発した。

「順平は医者、三吉は炭屋、健一は記録係だったな」

「はい」

「こうして考えると、あのときの綴り方と別の夢を叶えたのは長次郎だけだな。……長次郎が空を飛んでいる姿を見たときは、嬉しかったものだ。だが今は、長次郎は鍛冶屋になった方が幸せだったかもしれないと思う」

長次郎もここでそんなことを言ってました、そう言いかけた健一だったが、黙った

ままでいた。長次郎とここで話したときはたまたま日曜日で、中川先生には会えなかった。先生と一緒だったら、長次郎はあのとき別の言い方を選んだかもしれない、と思うのだ。それは本心を語らないということではなく、中川先生の悲しみを大きくしないためにだ。健一の知る松田長次郎は、そんな優しい男だった。

「健一、先生がみんなの夢の中で、どれに一番叶ってほしいと思っているかわかるか？」

「……どれですか？」

「寛太の夢だ」

「ああ、みんなの友だち」

「そうだ。……寛太はなあ、随分早くに両親を亡くして祖母ちゃんに育てられた。寂しい思いもしたろうに、入学したときからいつもニコニコ笑っている子で。今思うと、みんなと一緒にいられるのが嬉しかったんだな。覚えてるか？三年生のとき、寛太が五年生に石をぶつけられて、みんなで向かって行ったの」

「覚えてます」

どういういきさつだったかはわからない。石を投げたのが誰だったのかもわからないが、喧嘩の相手の中には畑中良治もいた。長次郎がまず飛び掛かり、跳ね飛ばされると順平も続いた。寛太本人はオロオロと見ている中、全員で敵わぬ相手に挑んだのだ。

「あのときは、体の弱かった健一や、一番小さかった三吉まで大きな五年生にかかっていったもんなあ。長次郎と順平は鼻血を流して。……先生な、あのとき教室で『馬鹿なことをするな』ってみんなを叱ったけど、あとで一人になって、涙こぼして泣いたんだ。寛太を思うみんなの気持ちが健気でなあ。だから昭和五十八年、先生は生きているかどうかわからんが、みんなは寛太の友だちとして集まってほしい。そう思っていたのに、教え子が先に逝くなんて。特攻隊は軍神だそうだが、長次郎は神様になんかならんでいい。寛太の友だちでいてやってほしかった」

背中を向けたまま中川先生は泣いていた。健一も涙で視界がぼやけてきて、強く目を瞑った。そのまま立ちつくしていると、微かに爆音が聞こえてきた。

桜の木の陰から出て空を見上げた。遠くに十機前後の編隊が見えた。徐々にこちらに向かってきて爆音も大きくなる。

「先生、あれ」

「長次郎か？」

「たぶん……あ、一機翼を振っています」

それは僚機への「編隊を離れる」という合図だったのかもしれない。バンクを終えたその機は機首を返して降下してきた。

「あ、降りてきます」

その零戦は海の方に回り込むと、まず屋根の上で何人か手を振っている松田家の方に行き、そこから左旋回して校庭の方へ向かってきた。その高度は下になった左の翼端が桜の枝に触れそうなほど低い。

「長次郎!」

健一と先生は同時に声を上げた。桜の木の上ほんの三十メートルほどの距離に風防を開けた操縦席の長次郎が見えたのだ。風に煽られて二人の周りに大量の花びらが舞った。

零戦はもう一度松田家の方に向かった。屋根の上の人々の絶叫が爆音に紛れて微かに聞こえた。そしてまた学校の方に戻ってきて、今度も桜の上を通過した。再び花びらが二人に散りかかる中、さっきよりも確認しやすい角度で長次郎の顔が見えた。白いマフラーをなびかせて手を振っている。

笑っていた。長次郎は笑顔で手を振っていた。その白い歯がはっきり見えた。

「長次郎!」

二人の絶叫は耳に届いたろうか。
長次郎の零戦はもう一度同じように旋回した後、南の空に向けて飛び去った。

16

「今でも目を閉じると、マフラーをなびかせて笑顔で手を振っていた彼の姿が浮かんでまいります。それが私の見た松田長次郎君の、というより私の見た同級生の最後の姿でした。三日後、鹿児島の基地を飛び立った長次郎は沖縄の空で戦死したのです」

不覚にも俊一郎は涙を流してしまった。大叔父にあたる長次郎さんの顔は知っている。今でも毎日目にする遺影の人だ。あの顔が笑い、手を振る姿。林先生の瞼に浮かぶというその姿が、俊一郎には容易に想像できた。

あの無口な祖父もその頃は戦地にいたのだろうか。長次郎さんの最後の訪問飛行を目撃したのは誰なのだろう。計算してみると、俊一郎の父親の宗太郎《そうたろう》はそのとき九歳だったはずだ。祖父の正太郎が家にいなかったとしても、まだ小学生の宗太郎はいたのではなかろうか。

17

ワイオミング出身の「赤毛のジム」は海を見たことがなかった。それはカンザス出身のマイケルも同じだ。海軍に入隊して初めて海を見た。戦争が始まるまで、生まれた州どころか町を出たこともなかった。

「車で走っていて瞬きしている間に通り過ぎる」

故郷はそんな小さな町だとジムは言った。

「俺の町もだ」

マイケルがそう応じると嬉しそうに笑っていた。

田舎の小さな町出身であるという共通点が二人を強く結びつけた。マイケルにとって珍しいものはジムにとってもそうだったし、ジムの懐かしい思い出はマイケルにも共感できた。

「いつかこの戦争のことを孫に聞かせるんだ。太平洋を横断してオキナワまで行った。ジャップのカミカゼをこの目で見たってな」

それがジムの夢だったが、叶うことはなかった。ジムはカミカゼを見るどころか、カミカゼに殺されたのだ。

マイケルの乗っていた空母は一機のカミカゼの突入によって戦闘能力を失った。ここまで効果的な体当たりはないだろう。敵の戦死者はゼロのパイロット一人、こちらの戦死者は百人を超えた。行方不明者と負傷者を入れると二百人を超える被害を出し、戦線離脱してウルシーまで曳航されていくのだ。

ヘンリー少尉の話では、この日本のパイロットは非常に巧妙に接近してきたらしい。母艦に帰還する艦載機の後ろをついてきたのだ。レーダーに映っても友軍と見分けのつかないタイミングだった。そして、こちらの機関砲が一発も打たないうちにほぼ真上から突入してきた。おそらく体当たりの直前に爆弾を投下している。でなければ艦の深部にダメージを与えることはできなかったろう。機体は飛行甲板に激突したが、直前に投下された爆弾の方にパイロットの魂が乗り移ったかのように、それはエレベーター付近を貫き、艦載機の格納してある階で爆発し、燃料に引火して誘爆を招いた。

当然艦内は大混乱になり、マイケルたち水兵は各自の判断で動くしかなくなった。

マイケルは近くにいたジョンソン、ハワード、ロビンソンと消火活動にかかった。とにかく火を消せば沈没は免れると考えたのだ。

このときの働きでマイケルは銀星章を受けることになるのだが、そのときはただ必死だった。

マイケルが飛行甲板上で業火に立ち向かっているとき、有毒ガスの充満した艦内では多くの水兵が空気を求めて彷徨い、ついには倒れていった。ジムもそのうちの一人だ。

ようやく鎮火してから、マイケルたちは仲間の遺体を飛行甲板に並べた。そのときだった。ハワードが、

「こいつは驚いた。ジャップだ」

と、素っ頓狂な声を上げた。甲板に飛行服を着た日本のパイロットが横たわっていたのだ。

戦闘機で体当たりというと、機体も人間も木端微塵になると思われがちだが、そんなことはない。マイケルは他の艦の乗組員から、

「体当たりしてきた戦闘機のエンジンを抱くみたいにしてパイロットが死んでたよ。顔を見たらまだ少年のような若者だった。だが、彼のせいで三十人のアメリカの水兵が死んだんだ」

という話を戦後聞いたことがある。

このときもそうだった。パイロットの体はオートバイ事故のように不自然な形にな

ってはいたが、顔はまったく無傷に見えた。マイケルは日本人を見るのはそれが初めてだった。想像していた顔ではなかった。マイケルの頭の中ではつり上がった目をした出っ歯の小男が日本人だとイメージされていた。すべて戦時中のプロパガンダ映画で刷り込まれた嘘だったのだ。

鼻筋の通ったハンサムな顔で、西洋人とそんなに変わらないと思った。

不思議と憎しみはわかなかった。彼も国のために戦ったのだ。そして死んだ。ジムと同じだ。

その遺体がどうなったかは知らない。おそらく消火ホースの水で他の残骸とともに海に流したと思われる。

仲間の水兵たちの水葬はウルシーに向かう途中で行われた。海を見ないで育ったジムは太平洋の真ん中に葬られた。

カンザスに帰ってからは、結局故郷の町を出ないままの人生だった。待ってくれていたガールフレンドのジャッキーと結婚し、中古車販売店で働いた。子どもも生まれて、やがて仕事も独立、自分の店を持った。

独立記念日（インディペンデンス・デー）、戦没者祈念日（メモリアル・デー）、退

役軍人の日（ベテランズ・デー）と、在郷軍人会で集ったり、パレードする祝日があると、必ず、

「あなたは英雄だ」

と言われる。そのたびにマイケルは、

「私はヒーローなんかじゃない」

そう答えて脳裏にジムとあの日本のパイロットを思い浮かべる。二人とも若い姿のままだ。こうして年老いていく自分が英雄なわけがない。

マイケルには孫が五人いる。戦争映画を観た彼らから本物の戦争について尋ねられるとこう教えてやる。

「本物の戦争は悲惨なだけだ。勝者はどこにもいない」

そしてジムと日本のパイロットの話をする。

「彼らは二人とも愛国者だ」

と。

最近になってカミカゼに関する本が出版され、あの日突っ込んできたパイロットの名前を知った。

「マツダ」

という士官だったらしい。すでにリタイヤしているが、長い間自動車を扱っていたマイケルは日本の車の名前と同じだと思い、すぐに覚えることができた。

名前を知るとさらに彼が人間として身近に感じられた。

一九四五年、帰還したあの日、駅で迎えてくれた家族を見て、ジムの家族を思った。

「ああ、あいつにも家族がいるのに、俺は帰ってきて、あいつは太平洋に沈められた」

その気持ちは今も変わらない。

そしてマツダもそうだ。マツダにも家族はいたろうに。彼の母はどんなに悲しんだろう。マツダも太平洋に沈んだ。ジムと同じだ。

おそらくマイケルはこのまま故郷の町で人生を終える。彼が故郷を離れたのは一九四二年から一九四五年までの三年間だけだ。

そして生涯を通じて見た日本人はマツダだけだ。

18

「その他の同級生の戦死公報は終戦後に届きました。しかし、公報の内容だけでは情報として不足でした。私は記録係として、それぞれの最期の様子を詳細に調べる必要があったのです。私はいろんな場所に行き、いろんな人と会い、情報を求めました。

成田三吉君の最期については、ごく最近になって彼の所属していた部隊の戦友会を訪ねて聞くことができました」

19

戦死公報も日中戦争初期の頃にはまだ場所や状況が詳細であったものが、昭和十九年以降はかなり簡略になっていった。玉砕した島など、誰も報告する者がいないから日時でさえ正確とはいえない。

三吉のいたブーゲンビル島は玉砕していないので、まだ手がかりがありそうだった。公報には昭和二十年五月七日という日付と日本軍のつけたと思われる地名が記載されていた。南方では戦病死が多い中で「戦死」とある。

健一は手がかりを求めたかったが、戦後の自分の人生の試練を乗り切ることの方が先になってしまった。多分、あの戦争で生き残った人々も事情は同じで、自分自身が生き抜くことを最優先にして、戦友の慰霊は先送り事項になっていたのだろう。高度成長期が終わり、沖縄も返還された辺りから健一の生活にも余裕が出てきた。

資料を求めて訪れた靖國神社で紹介されたのが「全国ソロモン会」である。ラバウルのあるニューブリテン島からガダルカナル島までの島々と、その海域で戦った元兵士と戦没者の遺族からなる会だった。

昭和五十三年十月に九段会館で開かれた総会に招かれ、成田三吉を知る人を捜した。健一の他にも同じ目的で参加している人がいて、衛生兵だった父親を知る人を捜しているという男性が、

「この人はお父さんと一緒にいた軍医さんですよ」

と紹介されて泣き出すところも目撃した。

ようやく三吉と同じ砲兵隊の人を見つけた。その人は三吉を知らなかったが、砲弾の尽きた野砲兵連隊が歩兵連隊に編入されたことを教わり、今度はその歩兵連隊の関係者を捜した。

何人か当たっているうちに、

「ああ、成田兵長はうちの中隊でした」

三吉の上官の中隊長を見つけることができた。

20

成田さんは元気な人でしたよ。ええ、最後まで元気でした。ブーゲンビルは早くに、そう昭和十八年には本土からの補給が絶えてましてね。食糧を調達するのに苦労したんです。その中で彼は積極的に動いてくれました。

糧秣《りょうまつ》受領があると自分から行ってくれたりしてね。ほら、みんな栄養失調ですから、動くのが億劫になってるんですよ。そんな中で彼は動く。私は彼の生き抜こうという意欲を感じました。これは大事なことなんです。

あそこに座っておられる方はガダルカナルの生き残りでしてね。その隣の方もそう。あの人なんか米軍の戦車に轢かれて助かった経験をお持ちでして、アメリカで「不死身のソルジャー」と呼ばれて有名だそうですよ。でね、あの人たちに聞くと、ガ島では毎日自殺者がいたというのです。食糧のない状態で、連日昼も夜も攻撃を受ける。米軍も日本兵を寝かせないわけです。昼間は空襲、夜は艦砲射撃といった具合ですね。そうすると神経が麻痺してきて生きる気力を奪われる。自殺もそうだけども、隣にいた兵が突然塹壕から立ち上がって、敵弾を受ける。死ぬとわかった行動をとるわけです。

極限状態の人間はそうなります。

その中でも前向きな人間は生き残れる。成田さんはまさにそういうタイプの人でした。エネルギーの損耗を抑えようとして動かない人より、積極的に食糧を求めて動く人の方が助かるのです。糧秣受領に誰かに行ってもらって待つより、自分で行った方がより多く食べるチャンスを得られるのです。

成田さんのおかげで生きて帰れたという人は何人もいます。私もそのうちの一人といえますよ。

彼は私より年長で、戦場の経験も長かったですから、頼りになる兵隊でした。

あの日、デンプンのとれる木が群生しているという話がありましてね。ええ、現地の人からの情報です。成田兵長以下五人で見に行くことになりました。

「成田兵長以下五名、食糧調達に参ります」

彼が申告しにきました。軍隊ですから形式はきちんとしますけど、戦場に長いと家族みたいな気安さもありまして、私は上官ですけど雑談もします。

「また成田兵長が行くのか？　ご苦労だな」

「自分は田舎育ちで食い物の匂いには敏感でありますから、適任なのであります」

そんな冗談も返ってくる。

「では行って参ります。必ず帰りますから」

それから、栄養失調が進んでマラリアにも苦しんでいる兵隊に、

「待ってろ。何か食わせるからな」

そう声をかけて出かけました。

そう、そうですね。確かに言いました。

「必ず帰りますから」

軍隊ですから、ふつうそんな余計なことは言わないんです。そんな申告はない。どうしたんでしょう？　何かの予感があったのかなあ。

結局、そう、罠でした。多分待ち伏せていたのは豪州軍の機関銃隊か、豪州軍から武器を借り受けた現地人ゲリラです。

最初のうちは宣撫工作もうまくいってたんですが、こちらの負け戦と見透かされるとそうもいきません。抗日ゲリラ化してくる人もいました。現地の人が善意だけの人だと思うのは逆に差別、偏見ですよ。勝ちそうな方につくのが当然です。それがおとなの判断ということでしょう。だからそこを恨む気はありません。

それに宣撫工作の効果だけでなく、実際に現地の人と友好な関係でいたのも事実で

して、戦後現地で戦犯裁判があったとき、現地の人に有利な証言をしてもらって助かった人もいます。まあ、そこは自然に人間同士ということです。成田さんの事件の場合はデンプンの取れる木の情報から全部仕組まれていたものだったのでしょう。

生きて帰ったのは二人でした。その二人から報告を受けましたが、二人とも同じ話をしましたから事実に間違いないと思います。

成田兵長を先頭に一列で進んでいくと、突然ジャングルが切り開かれて五十メートルばかり先まで見通せる場所に出た。成田兵長が、

「敵だ。引き返せ！」

と叫んだそうです。つまり敵が攻撃のために切り開いた場所ということですよ。それで成田さんは撤退の判断を瞬時にしたのでしょう。四人はジャングルに逃げ込みましたが、すでに全身をさらしていた成田兵長は銃弾を浴びました。即死でしょうね。ハチの巣状態ですから。ジャングルに戻った四人にも両側から現地ゲリラが石斧でもって襲いかかりました。それで二人やられた。残ったうちの一人が咄嗟に発砲して、ゲリラは逃げたそうです。ふつう兵隊は指揮官の命令があるまでは発砲しないのですが、そのときはすでに指揮を執るべき成田兵長は戦死していましたから、いい判断で

した。

私は成田さんを野晒しにしておくのが忍びなくて、危険ではありましたが、あとで遺体を収容させました。他の二体もです。

ただ、戦後豪州軍は一切遺骨を持ち帰ることを認めませんで、どれも現地に葬ったままです。

21

令状を渡した夜、

「帰って来いよ」

と言う健一に三吉は、

「わかった」

としか答えなかった。それが、中隊長には、

「必ず帰りますから」

そう告げていたのだ。それなのに、とうとう帰れずに南の島に埋められた。

道理で三吉の白木の箱は音がしなかった。おそらく中には「成田三吉の霊」と書かれた紙切れ一枚が入っていただけだろう。

海軍軍人であった松田長次郎の場合は、海上で戦死すれば水葬となる運命だが、三吉は陸軍の、それも召集兵だ。今でもブーゲンビルに眠っていると思うと何とか故郷に帰してやりたい。

終戦後半年以上経って、県庁まで遺骨を引き取りに来るよう連絡があった。地域に

よっては、遺族に直接県庁まで行かせたところもあったらしい。

健一は個人的に、かつての兵事係としての責任を果たすべき、との思いから県庁まで受け取りに行き、遺族に自分の手で渡した。

戦後、健一の立場は微妙なものになっていた。各地にいた兵事係を「プチ戦犯」と見なす向きもあったのだ。

昭和二十年八月十五日に警察から電話があり、兵事係の関係書類をすべて焼却するように命じられた。

「軍からの命令だ」

と言うのだ。健一は疑問に思ったが、武居さんと一緒にその夜のうちに書類を燃やした。桜山からの出征兵士の正確な数字が不明なのはこれが理由である。

米軍が進駐してからは、ＧＨＱにより在郷軍人会の解散も命じられ、さらに数字の確認は困難になった。

兵事係が「プチ戦犯」とまで呼ばれたのは、彼らが「戦時召集猶予者」と規定されて召集されなかったこと、つまり、銃後にいながらすでに軍事的に大きな責任を負っていると解釈されていたことが理由だ。

いつの時代でも政治的風向きによって掌を返す人はいるだろう。

「兵事係は戦争協力者の最たる者だ」

という理屈を言い立てる人を見ると、健一は悔しくはあったが、聞き流す余裕を持てた。むしろ、世の動きに抗うことのできなかった自分自身を不甲斐なく思っているような人から、

「召集令状を持ってくる林さんは疫病神に思えた」

と、戦後になって本音を聞かされたときには、気持ちが萎えた。誠意ある人の一言の方がお調子者の罵詈雑言より重い。

戦時中でも、戦死公報を持って行って、針の筵に座らされることはあった。中でも自分が志願を勧めた若者が亡くなった場合は、気が重くなるというより、自責の念にかられていたたまれなかった。

平時から海軍は志願兵の割合が大きい。戦時中に兵員の不足が生じてくると、各市町村に志願兵のノルマが課せられる状況になった。そのため、健一は高等小学校を出て実家で働いている農家の次男坊、三男坊を捜し出し、勧誘に回っていたのだ。

「うちの孫が死んだのはあんたのせいじゃ」

そう罵られたこともある。健一が志願を勧めた十七歳の潜水艦乗りが戦死したときだった。潜水艦要員の志願者を募るように指示された時期があったのだ。

可愛い孫が冷たい海の底に沈んでいると思うと、誰かに怒りをぶつけざるを得なかったのだろう。

「すみません」

健一は畳に額を擦りつけて泣いて詫びた。

あとでその家の娘、死んだ水兵の姉に、

「林さんが悪いわけじゃありませんから。弟は自分で望んで海軍を志願したんです」

そう慰められて、さらに身の置き場を無くした。

休暇で帰省した際に、その弟は母と姉の前でこう言ったそうだ。

「心配しなくてもいいよ。潜水艦がやられたら俺たちは苦しまずに死ぬから」

その説明では、潜水艦が爆雷にやられて海水が入ってくると、艦内の気圧が急激に上がり、乗組員はそれで壁に押し付けられて、心臓がパンクしていく。だいたい一分半で死に至るというのだった。

そんな話を聞かせて「心配するな」と言うのもどうかと思うのだが、方々《ほうぼう》で聞いてみると潜水艦の乗組員は似たような言葉を遺族に残していた。

軍隊というところは、無理難題を通すかと思えば、妙な合理性を持っている面もある。潜水艦乗組員を教育する際に、いざというときのその死に方まで教えるのだ。

それで本人たちは納得していたのだろうか？　遺族の心がそれで安まるわけではないし、ましてや健一の気持ちは和らぐわけもなかった。

誰かが戦死すると、主任の武居さんは自分で直接知らせることを避けたがった。遺族の知人や近所の人に話して、

「知らせておいてくれ」

という方法を取った。それからしばらくして健一が戦死公報を届けるのだ。これについては武居主任を責める気にはなれなかった。健一はその辛い務めを進んでとまでは言わずとも、素直に引き受けた。

戦後、生きて帰ってくるものと期待していた家族に戦死公報を持っていく仕事はさらに辛かった。戦死の日付を見て、

「なんで、もっと早く降伏せんかったんじゃ！」

と叫ぶ父親もいた。

成田家の人々も三吉の復員を待ち続けていた。戦死公報の出ないまま昭和二十年八月十五日を迎えたのだから、それも当然といえた。

ブーゲンビルからの復員は昭和二十一年二月から始まり、戦死公報はそれ以降に出された。数万人が島流しされていたような、通信も隔絶した状況だったからそれもや

むを得ない。

三吉の戦死公報に健一が冷静に対処できたのは、戦後続々と戦死公報が入っている状況の真っ只中にいたからだ。「昭和二十年五月七日」の日付を目にして、

（長次郎の方が先だったな）

そうぼんやり思った。

桜の季節は過ぎ、梅雨を迎える頃だった。その日、他の戦死公報もあり、そちらの方を先に回ったので、成田家に行くときには日が暮れていた。

健一はとぼとぼと、かつて通い慣れた道を歩いた。役場に勤め始めた頃、仕事帰りに寄り道しては三吉と話すのが楽しみだった。

もう彼はこの世にいない。

街灯に照らされて、ぼんやりと闇に浮かんだ炭屋が見えてきた。召集令状を届けた夜が思い出される。

ああ、三吉にとっても俺は疫病神だったのか。

そう思うと情けなくて、急に涙が込み上げてきた。炭屋の前に立つ。閉じたガラス戸に、街灯に照らされた自分の姿が映っていた。そこで眼鏡を取って涙を拭いた。

「ごめんください」

戸を開けると、店の中には父と娘が立っていた。

「あー」

健一の顔を見た途端、富子が声を上げて泣いた。

機関車の汽笛がそれに重なった。

22

「ブーゲンビルでは六万の兵のうち三万が死んだと言われています。ですから、成田君は特別運が悪かったとは言えないでしょう。しかし、彼をよく知る私には、ハチの巣のように無残に撃ち抜かれた姿が、家族思いで他人にも常に優しかった三吉の最期に相応しいとはどうしても思えないのです。

坂口順平君と鈴木寛太君の最期についてはいまだに詳細は不明です。しかし、二人が同じフィリピンのルソン島で戦死したことが公報に記されております。フィリピンは戦死者四十七万人という激戦の地です。二人が戦場で出会えたとも思えませんが、私の同級生二人は同じ地で眠っているのです」

23

順平は覚悟を決めた。軍医になりたての頃、先輩の士官からノモンハンでの話を聞かされたことがある。

「ソ連の戦車は日本軍の野戦病院まで蹂躙し、傷病兵を轢き殺していった。横たわっている人間の上をジグザグに走行していったのだ。勇敢な兵隊が背嚢《はいのう》爆弾で肉弾攻撃する中、軍医の一人が軍刀を抜いて戦車に向かっていった」

というものだった。新米の軍医を脅かすにしては、妙に冷静な語り口だったのが逆に不気味だった。

前線から近い順に仮包帯所、包帯所、野戦病院と設置される。野戦病院とは本来は比較的に安全な場所にあるものだ。しかし、近代戦の機動力では、敵はアッという間に前進してくる。

今は自分がその立場に追い込まれつつあった。順平の開設した仮包帯所に敵戦車群が迫っているのだ。

第一線の守備陣地を敷いていた第一中隊の佐伯中尉が右脚を粉砕されて運び込まれ

た。

「佐伯中尉、脚を見るな。俺が診るからな、もう大丈夫だ」

佐伯中尉とは大隊長が設けた晩餐の席で酒を飲んだこともある。順平と同じくクラシック音楽が好きだということで話が合った。静かな男だが、強い責任感の持ち主であることが、その映画俳優のように美しい風貌に漂っていた。重傷ながらわずかに意識のある佐伯中尉と目が合い、それが、

（頼みます）

と告げていることがわかる。だが、次第にその目も力を失っていった。

（ダメだ）

出血が激しすぎる。止血が間に合わない。助からない者に関わっている暇はない。折しも傍らでは、順平が頼りにしている徳永衛生軍曹が、

「何をしとるか！　助かりそうな奴からかかれ、こいつはもう死んどるぞ」

そう怒鳴って若い衛生兵を鉄帽の上から殴りつけていた。

佐伯中尉の脈が完全に止まった。戦死だ。隊長が戦死では、第一中隊はほぼ全滅という惨状だろう。敵戦車を足止めする手段はあるのだろうか？　速射砲はすでに破壊されたようだ。竹竿の先に爆弾をつけて接近する「陸の特攻隊」が戦果を上げるとは

思えない。だいたい竹竿は無意味だ。戦車を破壊する威力の爆弾だ。それを持っている人間などひとたまりもないから「陸の特攻隊」なわけだが、竹竿の間合いまで敵に接近するのがまた至難の業だと容易に想像がつく。

戦車砲の響きが近づいてきた。一本道を縦隊で来ている戦車隊だ。先頭の一両を擱《かく》座《ざ》させればその後ろの戦車は進んでこられない。しかし、最初の一両を破壊できなければ、一気に数両の戦車がこの開かれた場所になだれ込んでくる。

撤退は意味がない。逃げようにも逃げる場所はない。第一、負傷兵を置いて軍医の自分が撤退できるわけがない。

阿修羅のような働きはついに意味が無くなった。ノモンハンの先輩軍医に倣うときが来たようだ。そう思って順平は周囲の惨状を見渡した。足の踏み場もないほど負傷兵が横たわっている。その多くが瀕死の重傷だ。血と硝煙の臭いが立ち込める中に消毒液の強い刺激臭が混じっている。

（終わりだな）

坂口軍医大尉が治療するのをやめて立ち尽くしていることに、徳永衛生軍曹も気づき、この上官の決意を悟ったようだった。

「順平」

それは自分を呼ぶ声だとわかったが、今は「坂口軍医殿」としか呼ばれるはずはない。ただその声には聞き覚えがあった。

「順平」

戦闘に巻き込まれた輜重隊《しちょう》から数名の負傷者が担ぎ込まれていた。順平を呼ぶ声はその中から聞こえたように思えた。坂口軍医は声がしたと思われる方に目をやった。

「順平」

「寛太！」

すぐそばにいたのに気づかなかった。顔にも包帯がグルグルと巻かれ、寛太は腹部の傷を露わにしていた。一目で助からないのがわかる。

「ああ、わし運がええのう。順平に会えた」

「おう」

「これでわし助かるのう。順平が治してくれる。健一に知らせよう」

「そうじゃのう」

「衛生兵！」

砲声がさらに近づき、地面が揺れて周囲のものがビリビリ震え始めた。

「はっ」

「残りのモル持って来い」

モルヒネはすでに貴重品になっていた。

「痛い……順平、桜山に帰りたい」

「ああ、一緒に帰ろう」

「祖母ちゃんのところに帰りたい」

寛太は銃後にいるべき人間だ。順平はこの極端に不器用な友人まで召集した者が許せなかった。

「軍医殿、これで最後であります」

衛生兵が集めた数本のモルヒネを持って、徳永軍曹が立っていた。

「よし。戦死者や重傷者の銃があったら、衛生兵に渡せ」

「はっ」

「世話になった」

「こちらこそお世話になりました」

徳永軍曹は順平より年長で、故郷には二人の息子がいる。戦場では医学部を出たての若い軍医よりはるかに役立つ人だった。

徳永軍曹の敬礼に答えてから、順平は当番兵の森上等兵に、

「俺の軍刀を持ってこい」

と命じた。

(俺は軍人だな)

軍人にはなりたくなかった。高校では軍人を「ゾル」と呼んで軽蔑していたものだ。順平は人々の役に立てる医者になりたかった。故郷の人々を救いたかったのに、幼馴染の命さえ救えず、軍人として死ぬことになった。医者として敗北だ。

順平はせめて親友を最後の患者にすることにした。

「寛太、よく聞け。俺はなあ、お前が期待してくれたほどいい医者じゃない。それでのう、お前を治してやることができん。その代わり、楽にしてやる。今からこの注射を打つから。そしたら痛みが取れてぐっすり眠れる。目が覚めたら桜山じゃ。祖母ちゃんのところじゃ」

「本当か？　本当に帰れるんか？」

「ああ、帰れるぞ。帰ったらなあ、校庭に桜があったろう。ほれ、みんなの綴り方を埋めたところ」

「成績表も埋めた」

「そうじゃったのう」

この同級生は、成績表を缶に入れることを嫌がっていた。それを思い出した順平は小さく笑った。

「寛太、先にあの桜のところに行って、待っといてくれ。俺もすぐ行くよ」

「わかった。すぐ来てくれよ、順平」

「うん。じゃあ、打つぞ」

このアンプルでは三十本ぐらい打たなければ死に至らない。だが、何とか意識が遠のけば、出血の続く寛太は安らかに死ねるだろう。

注射が終わると、

「わし運がええなあ。祖母ちゃん」

最後は祖母の姿を見たのか、そう呟いたまま寛太は黙った。

この幼馴染は最期まで己の不運を嘆かず、恨まず、幸運を口にした。

(寛太、お前が一番偉かったかもしれんなあ)

順平の腕の中で寛太の体から力が抜けていった。

「軍医殿」

森上等兵が軍刀を持ってきた。

森上等兵は郷里の商業学校では野球部に所属して、甲子園の中等学校野球選手権にも出場した経験がある。五高で野球をしていた順平とは気が合い、当番兵として実によくやってくれた。

「森上等兵、世話になった」

「坂口軍医殿、お供します。一緒に死なせてください」

順平は、無言で頷いた後、砲声に負けないように声を張った。

「よし。負傷者も歩ける者は来い。これより最後の突撃を敢行する。俺に続け」

天幕の外に出た。南国の太陽が眩しい。敵はもうすぐそこだ。

(寛太、すぐ行くぞ)

順平は軍刀を抜いた。

24

順平と寛太の戦死公報は三吉よりもさらに遅れた。

順平のお父さんは立派な人だったが、息子の死の前に完全に茫然自失となった。その後、あの大きな家までもが急に廃れた感じになった。実際坂口家は戦後二十年して絶えてしまった。

寛太の祖母はもっと悲惨だった。あんなに将来を心配していた孫が先に死んで、彼女の人生には何も残ってはいなかった。

健一は心配で、たびたび仕事を終えてから鈴木家を訪れた。寛太の祖母はいつも囲炉裏の前でじっと座っていた。上目遣いに見る壁には軍服姿の寛太の遺影があった。きっと寛太のことをずっと一日中考えていたに違いない。

「祖母ちゃん、これ食べてください」

健一が食べ物を持参したときなど、

「ああ、これはもったいない。ありがとう」

そう言って仏壇に供えた後、突然、

「寛太はひもじかったろうなあ。最後に痛い思いをしたんじゃろうか？」

と、真顔で健一に尋ねるのだった。

失意のうちに順平の父と寛太の祖母は亡くなった。

それは健一が桜山を離れてからのことである。

健一が故郷を捨てる決心をしたのは、終戦後三年経ってからだった。兵事係だった頃の仕事はほぼ片がついていた。

多くの若者が帰ってこなかったのに、彼らを送り出した同世代の自分がここで暮らすことが申し訳なかった。

それに自分の思いだけでなく、周囲からの目にも厳しいものがあった。

兵事係だけでなく、戦後復員してきた中にも周囲からの冷たい視線を浴びる人もいた。

志願して同級生より一足先に出征し、ブーゲンビルにいて一年遅れで徴兵された同級生と再会したときにはすでに伍長になっていた人がいた。

それがまずかった。

他の遺族から、

「うちの息子が死んでいったときに、あんたは上官になって後ろから『行け、行け』

言うとったんだろう」

と何の根拠もない言いがかりをつけられたのだ。

実際にはその人自身、戦後もずっと生活に不自由するような戦傷を最前線で受けていた。決して安全な場所にいたわけではないのだ。

彼は戦後一貫して戦場で歩けなくなった自分を救ってくれた兵隊や、同郷の兵隊の慰霊を続けた。今では桜山近くの大きな寺に彼の建立した観音像がある。

健一は東京に出て仕事を探した。幸い、すぐに出版社での仕事が見つかった。編集者の仕事をしながら自分でも小説を書いているうちに、大きな賞を受けて人生が変わった。流行作家と呼ばれる身になったのだ。

元々虚弱だった体で仕事に没頭できたのは、死んでいった同級生のことがいつも心のどこかを占めていたからだ。好きなことをやり続けて死ねるとは、彼らと比べてなんと贅沢なことだろう。

有名になってから帰郷すると、かつての「プチ戦犯」を責める声は聞かれなくなっていた。

久しぶりに訪れた桜山は様変わりしていて、まず桜山村が桜山町になっていた。

坂口家が衰退した代わりに、戦後の農地改革で松田家が豊かになっていた。寛太の祖母が亡くなった後、そこの土地も買って建て直した家は大きく、黒い瓦の立派な日本家屋だった。

長次郎の兄の正太郎さんは、健一の名が知られるようになってから手紙をくれて、長次郎の遺品の中から健一が長次郎宛てに出した手紙を送ってくれた。おかげで長次郎との往復書簡は健一の手元にある。

帰るたびに切ない思いに駆られるのは、成田炭屋が大きくなっていることだ。妹の富子さんが婿を取って家業を続けたのだが、戦後「成田燃料店」としてプロパンガスも扱って繁盛すると、今ではガソリンスタンドを三軒も経営する会社になっている。かつての成田家のあった場所に建つガソリンスタンドを見るたびに、裸電球の下で炭団を作っていた三吉の姿を思い出し、

(三吉が生きてこれを見たなら)

と虚しいことを考えてしまう。せめてもの慰めは両親が亡くなった後で、富子さんが立派なお墓を建てたことだ。特に家の墓と別に建てた「陸軍伍長成田三吉之墓」は、兵隊墓にしては何かの記念碑かと見紛うほどの立派さで、健一はお参りするたびに彼女の気持ちが嬉しくなるのだった。

中川猪太郎先生は教育に捧げた人生を全うした。その中でも健一たち最初の教え子のことは一番の思い出らしく、健一の成功を我がことのように喜んでくれた。

健一は桜山に帰ると、妹夫婦が暮らす実家に泊めてもらい、必ず中川先生を訪れた。会えば必ず同級生の思い出話になり、はじめのうちは語るうちに涙も見られたが、次第に楽しい思い出話だけを語るようになっていた。

といっても悲しみが消えていたわけではない。二人で口に出さずにいただけのことだ。

中川先生は肺癌を患って、入院二か月で亡くなった。かなり悪いと聞いた健一が病院に駆けつけたとき、酸素マスクの中で荒い息をついておられた。もう会話も辛いだろうと、一方的にお見舞いを言って帰ろうとした健一を、中川先生は目で呼び止めた。そして苦しい息の中で途切れ途切れに言った。

「……順平、が、いて……くれたらな……惜しかった……」

言い終わった先生の目から涙が一筋流れた。

「先生」

三十三年前に死んだ教え子を思う心に健一は胸を打たれた。

そうだ、順平がいてくれたら、病で苦しむ先生をつきっきりで診てくれていただろう。治せなくてもいい、医者になった順平が桜山にいてくれることが重要だ。それでみんなは安心して暮らせたはずだ。

きっと、あの桜の下に綴り方を埋めたとき、中川先生は五十年後に味わう教師としての醍醐味を期待したのだろう。初めての教え子の幸福な姿に自分の仕事が、自分の人生が意義あるものだったことを確かめたかったはずだ。

その願いは叶わなかった。

「け、健一……これ」

先生は自分の枕元を手で探った。

「あ、それは」

どうして気がつかなかったのだろう。中川先生は、昭和八年のあの日、写真屋に撮ってもらった同級生全員の集合写真を枕元に置いていた。

「先生、懐かしいですねえ。ああ、みんな若いなあ。最後に会ったときよりも随分若い」

健一は、自分も涙を流しながら最後に先生を喜ばそうと思った。

「先生、初めて長次郎が空を飛んでいるのを見たとき、嬉しかったですねえ。寛太は『乗せてくれ』とずっと言い続けて、三吉も閉口してましたよ。あれを順平にも見せてやりたかったですねえ」

言っているうちに健一は笑顔になっていた。

「ん……ん……」

先生は苦しい息の中で何度も頷いた。

それから数日して、七十五歳の中川猪太郎先生は、若い姿のままで待つ教え子の元に旅立っていった。

25

「これで私の同級生の話はおしまいです。五十年後の再会を計画してくださった中川猪太郎先生も五年前に亡くなりました。教え子たちの早過ぎた死を最後まで惜しんでおられました。

私は一人残されました。

本日お集まりの在校生の皆さん、そして若い卒業生の皆さん、どうかお友だちを大切にしてください。私は皆さん方が羨ましくて仕方がありません。たくさんの同級生に囲まれているのですから。生まれる時代が違っていれば、私も今日の式典を同級生とともに特別の楽しみで迎えられたでしょう。

皆さん方は、亡くなった私の同級生たちが夢見た豊かで平和な未来に生きています。どうか、遠くに旅してみてください。いろんな国を見てください。いろんな街を歩いてください。いろんな人と出会ってください。そして必ずこの故郷に帰ってきてください。故郷はいつでも、いつまでも皆さんの帰りを待っていてくれます。

私も今ではこの桜山から遠く離れて暮らしております。たまに帰るのを楽しみにしております。私は帰ってくると校庭の下の道を歩くことにしています。あれはかつての私の通学路です。あの道から校庭の桜を見上げては、『ああ、あそこにみんなの綴り方が埋まっているなあ、みんなの果たせなかった夢が埋まっているなあ』

と思います。そして校庭で遊ぶ皆さんの元気な声が私の頭の上に降ってきますと、『ああ、順平の声がした。三吉の声が聞こえる。長次郎が呼んでる。寛太が笑ってる』と、その中に亡き同級生の声を聞いていたのです。

もしも天国というものがあるなら、浄土というものがあるなら、中川先生を囲んでみんなで思い出話に花を咲かせていることでしょう。いずれ私もその輪の中に加わるのでしょう」

式典が終わった。俊一郎はスコップを持って桜の木に向かった。掘った穴を埋め戻そうと思ったのだ。校舎の陰から校庭側に出ると、式典前と同じ場所に林先生が立っていた。いつの間に先回りされたかわからないが、ここはひとまず謝らないといけない。

「林先生」

先生がこちらを向いた。

「すみませんでした」

まずそう言って頭を下げる。顔を上げると林先生は不審そうな顔でこちらを見ていた。

「いえ、あの、この桜のこと切った方がいいだなんて。……お墓だったんですね、皆さんの」

俊一郎の言葉は先生には意外だったらしい。

「そうですねえ、お墓ですねえ」

先生もそのときに思い当たったようだ。感慨深げに桜を振り仰いだ先生の肩に花びらが散りかかった。

「戦場から戻ってこないのは私の同級生ばかりじゃありません。この場所に帰れなかった卒業生みんなのお墓ですねえ」

「大事にします」

俊一郎が本心から言うと、林先生は嬉しそうに頷いてくれた。

「それで先生、あれは、そのタイムカプセルはどうなさるんですか？」

校門の石段のところに俊一郎が掘り返した缶が置かれていた。

「ああ、これですか。すみませんが、そのスコップを貸しておいてもらえますか？」

「はい、それはいいですが、先生、ご実家まで車でお送りしますよ」

「いや、いいですよ、私は一人で歩いて帰りますから」

「そんな、奥様からそう指示されてるんです。先生は東京に戻られて入院なさるそうじゃありませんか」

「それはそうですが、それは家内が大袈裟に騒いでいるだけでしてね。ちょっと腰が痛いだけなんですよ」

「そうおっしゃらずに」

「……頼みます。最後に、最後にあの道を歩きたいんです。この学校にお別れを言ってね。一人にしてください」

どうやら、ここで俊一郎が粘ると、先生と学校、先生と桜との別れを邪魔してしまうようだ。

「……わかりました。スコップは使い終わったらそのままにしておいてください。あとで私が片付けておきます」

「手間を取らせますね」

そう言って、先生はスコップを受け取った。

「それでは失礼します」

「はい、ご苦労様」

スコップを手にした林先生は桜の下の穴に向かった。俊一郎は校舎の方に戻るため先生に背中を向けた。

数歩行って立ち止まった俊一郎は、先生にどうしても伝えておこうと思い振り返った。

「林先生」

先生も振り返ってこちらを見た。

「帰って、祖父ちゃんに聞いてみます。長次郎さんのこと」

それは林先生に対する一番の感謝の言葉だった。これまで自分が無関心でいた長次郎さんのことを教えてくれたこと。この世に何も残さずに死んだ長次郎さんのことを覚えていてくれること。

聞いていた林先生は満面の笑みを湛えて応じた。

「正太郎さんによろしく」

校舎の陰に戻った俊一郎は、そこから先生を見守った。どうやら先生の体調は万全とはいえないらしいから何かあったら大変だ。

林先生は俊一郎が掘り出した土を集めているようだ。それから石段に置いていた「タイムカプセル」を取り上げるとしばらく感慨深げにそれを見ていた。

それから穴に近づき、中に缶を戻した。

(え？　また埋めるの？)

せっかく掘り出した缶を家に持って帰るものと思ったのに、また埋めてはこの先誰も掘り返す者はいないだろう。

(そうか、お墓だもんな)

かつて五人の同級生の見た夢はここでずっと眠るのだ。

林先生は缶を戻した穴に土を入れ始めた。埋め戻したところをスコップで押さえつけ、さらに足で踏み固める。

スコップを置いた林先生は桜に向かって深々とお辞儀した。その背中にまた桜の花びらが散りかかる。

体を起こした先生は、再び校庭を見た。母校の校庭。かつて出征する若者が見送られては迎えられた校庭。空から永遠の別れを告げに来た友が見下ろした校庭。

今その校庭に林先生自身が別れを告げている。

林先生は最後にまた一礼すると、かつての通学路に向けて歩み始めた。

26

平成二十九年三月二十四日。月山市立桜山小学校にとっては特別な日となった。卒業式はすでに終えており、この日は五年生以下の児童の終業式と同時に閉校式が執り行われたのだ。

桜山小学校百三十四年の歴史の幕は閉じた。

桜山町は十五年前に月山市と合併し、月山市桜山地区となったのだが、過疎化に歯止めはかからなかった。町の中心だった桜山駅はそれよりかなり前に無人駅となり、多くの商店が姿を消した。桜山小学校の児童数は減少の一途だった。

造船所が閉められてからは、これといった産業もなく、大学進学を機に桜山を離れた若者が帰ってくることは滅多にない。そうなれば当然生まれる子どもも減るばかりだ。

合併直後の市長は、

「小学校はコミュニティーの中心である。明治時代よりヨーロッパの教会と同じ役割を果たしてきた。児童が減っても小学校を閉めることはしない」

という主張の人だった。桜山小学校では全校生徒二十三人で校舎がガラガラになっても、地域ぐるみで運動会などの学校行事を支えたものだ。

次の市長は非常に合理的な人で、市の財政を考えてもスクールバスによる児童の送迎によって学校の統廃合を図った方が賢明であると判断した。

それが正しい選択であることは、少し電卓を叩けば容易に立証できた。こうして桜山小学校閉校は決定したのである。

現在の市長はこの桜山地区出身で、したがって桜山小学校の卒業生でもあったのだが、決定済みの閉校を覆すことはしなかった。

現在の市長は松田俊一郎である。

俊一郎が市長になったのは、まったくひょんなことからだった。

十五年前の合併で、桜山町役場の職員だったのが、月山市役所職員になった。そのときは、

「給料が上がった」

と喜んだり、

「通勤が面倒くさい」

と不平を言ったり、と他愛もない変化だったが、やがて何のしがらみもない身が重

宝されるようになってきた。市長派でもなければ反市長派でもない。元々保守でも革新でもないつもりの俊一郎は、そのニュートラルな立場が幸いし、いつのまにか副市長にされていた。

本当にいつのまにかというのが実感で、自分としては、文句を言わずに与えられた仕事をこなしていたのが良かったのかと思う。

そしてその頃、市長派も反市長派もそれぞれ脛に傷を持ち、つまりはそれぞれ悪いことをしていた。ぽっかりできた真空地帯に吸い込まれ、浮かび上がってきたのが俊一郎だったということである。

でなければ、こんな住民の少ない地区から市長が選ばれるはずがない。俊一郎自身に政治的野心はないから、一期限りの市長で終わるつもりだ。

閉校の年に市長でよかった。桜山の住民の中には、

「今度の市長なら閉校を考え直してくれるのではないか」

と期待する向きもあったのだが、役所の内側から市政を見続けてきた俊一郎は、時の流れに抗う無意味な判断は下さなかった。

その代わり、松田市長は桜山小学校の記念碑の建立を提案した。

これはこれで「我田引水」の批判は免れなかった。市議会でその点を追及された松

田市長は答弁に立ち、林先生から聞いた「校庭から出征して帰って来なかった卒業生の物語」を語った。これには、年配の議員から、

「そういうことなら戦没者の慰霊碑も兼ねたものを建立してはどうか？」

という意見も出た。

議案は無事全会一致で可決され、松田市長は深々とお辞儀した。

俊一郎はホッとしていた。これで林健一先生との約束を果たせたのだ。

林先生は、あの創立百周年記念式が終わって十か月後に亡くなった。膵臓癌だった。あのときの先生の腰痛は癌が原因だったのだ。

亡くなる三か月前だったか、俊一郎は祖父の正太郎を連れて東京都内の病院までお見舞いに行った。

そのときまでに長次郎さんの話を祖父からたっぷりと聞いてあった。聞いたのは長次郎さんの話だけではない。

俊一郎から見ても祖父が偉いと思うのは、戦後建てた「海軍少佐松田長次郎之墓」とともに、鈴木寛太と鈴木家の墓の世話もしていたことだ。祖父は寛太の祖母が亡くなるまで何かと面倒をみたらしい。

林先生と最後に会った日、祖父はそんな寛太の祖母の話や順平と三吉それぞれの遺

族の話もした。

長次郎さんが祖父に残した言葉には、伝える祖父と聞いている林先生の両方が嗚咽を漏らしていた。

「兄貴は家を頼む。松田家を代表して俺は国のために死ぬ」

戦前の「家」の重さの実感は湧かないが、長次郎さんは次男の立場をそのように考えていたのだろう。

「長次郎は貧しかった松田家しか知らんのです。あいつには何もしてやれんかった。本当は親父もそれをすまなく思っておったのです。海軍士官になれたときには、親父もお袋も喜びました。私らも誇らしく思うておりました。それが最後は特攻でしょう？　それも負け戦の。お袋は死ぬまで長次郎のことを一言も口にしませんでのう。よほど悔やんでおったのでしょう。私も家が大きうなっても素直に喜ばれんかったです。あいつに申し訳なくてですねえ」

林先生の前で祖父が堰を切ったように胸の内を吐露した。

「立派な男だった」

林先生はタオルで涙を拭きながら呟いていた。そして、

「俊一郎君、あの桜のことを頼むよ」

ベッドに横たわったまま姿勢を正すようにして言った。

「わかりました」

そう答えたとき、

(これは遺言だ)

俊一郎はそう受け止めていた。

終戦直後、桜山小学校の校庭は見る影もないほど荒れ果てたらしい。折からの燃料不足で、付近の住民が校庭にあった木々を勝手に伐採したのだ。あの桜だけは、中川猪太郎先生の手によって守り抜かれた。かつて俊一郎が、

「切った方がいい」

と深く考えもせずに言い放ったとき、温厚な林先生が制したのは、そんないきさつがあったからだ。

桜の守の手を引き継ぐのは、俊一郎の務めだろう。

先生の葬儀にも祖父を連れて参列した。

遺族を代表して挨拶した先生の長男、誠一氏によると、先生が意識のある中で最後に残された言葉は、

「桜山に帰る」

だそうだ。

先生は「幸せな人生だ」と言いたかったのだと思う。骨になっても帰れなかった同級生のことを思えば、故郷の墓に葬ってもらえる以上の幸せがあるだろうか。

それから八年後、大正二年生まれの祖父正太郎は平成の世を見て死んだ。

「墓を頼むぞ」

墓参りのたびに父にではなく、俊一郎にそう語りかけてきた祖父だった。

「わかってるよ」

俊一郎が返事すると無言で頷いていたものだ。孫が急に昔の話を聞くようになったので、それで頼りに思ってくれていたのかもしれない。

父の宗太郎は、長次郎さんの最後の訪問飛行を鮮明に覚えているそうだ。飛行機の大きな爆音、その影が一瞬地面に映ったことなどを記憶しているという。

当時五歳だった叔父の信次郎《しんじろう》はもっと重大なことを覚えていた。長次郎さん最後の帰省のとき、一緒に風呂に入ったというのだ。

その頃は松田家に風呂はなく銭湯に行った。なぜか近所の子どもたちもゾロゾロついてきたのを信次郎は不思議に思ったらしい。

祖父正太郎は召集された、内地の留守部隊で本土決戦用の塹壕掘りに追われていた。

だから、この頃は当然ずっと留守にしていた。信次郎は男の人と風呂に入るのが久しぶりで緊張していたが、海軍士官の長次郎叔父さんは憧れだったから嬉しかったという。そして叔父の大きな背中を流し、自分も体を洗ってもらった。長次郎は、甥である信次郎の背中を強くゴシゴシ擦り、

「叔父ちゃん、痛い」

と訴えると、

「そうか、信ちゃん痛いか？　なら叔父さんのこと覚えておいてもらえるのう。あのとき痛かった、いうてなあ」

そう言って笑ったという。

この話を信次郎叔父は淡々と語るのだが、聞いている祖父と祖母は号泣するのだった。

俊一郎としては、そんな祖父母の姿に辟易していた覚えがある。ところが、最近になって娘の長男大輔と風呂に入るようになり事情が違ってきた。大輔は五歳だ。

(当時の信次郎叔父さんはこんな感じだったのか)

と思えば、甥の記憶に残ることを喜んだ長次郎さんの気持ちがわかるような気がする。それに長次郎さんを知る祖父母が、信次郎叔父の語るエピソードに泣くしかなか

ったことも理解できるのだ。

祖父の納骨のとき、同じ墓所の鈴木家の墓と「陸軍上等兵鈴木寛太」の墓を見て、

(ああ、祖父さんはこちらの面倒もみるように言ってたんだな)

と思い当たった俊一郎は、

(あ、桜も)

あれはお墓だった、と思い出した。

それからずっと気になっていたのだ。

記念碑建立計画案を練ったとき、

「場所はどこにしましょうか?」

教育委員会の次長に聞かれた俊一郎は、

「校門を入ったところに大きな桜があるでしょう?」

「はあ、ありますね」

「あの木の北側に太い根っこが出ております。反対側にも根が張っておるからその中間あたりに置きましょう」

「ええと、ちょっと待ってください」

「そうね、それで決まり」

「ええと」

「決まり」

　この次長にはあとで詳しく説明すると、完全に納得してもらえた。

「市長お時間です」

　平成二十九年四月九日日曜日、俊一郎は桜山小学校記念碑の除幕式に市の車で向かった。

　この日取りについても俊一郎が決定した。桜が満開の日曜日に多くの住民に集まってもらいたかったのだ。

　学校に着くと、俊一郎は目論見の当たったことを確認した。晴天の下に満開の桜、そして大勢の人。

　車から降りた俊一郎を、

「市長、あんたはええことをしたねえ」

　と、車椅子に乗って迎えてくれたのは、成田燃料店のお婆さんだ。九十六歳になる。林先生に聞かされた成田三吉の妹富子がこの人だ。

「いやあ、成田さんには今回大変お世話になりました」

富子さんは年を取っても成田燃料店隆盛の功労者だけに、未だに発言力は強い。記念碑建立については「株式会社成田燃料店」は多額の寄付をした。おかげで市の予算はほとんど手つかずとなったほどだ。

車椅子を押している四十代の孫娘は、成田燃料店専務である三男、賢三《けんぞう》さんの娘だ。父娘で何度かブーゲンビルに伯父三吉の慰霊に行っている。

「三吉さんは三男だったんじゃから、三男のあんたが行かんでどうする」

と富子さんに言われて渋々行ったらしいが、一度行ってから父娘して人が変わったように慰霊に熱心になった。一度賢三さんにその理由を聞いたところ、

「いや、それまで全然興味なかったんじゃがね。他の遺族と一緒に現地で慰霊祭をやったら、途端に三吉伯父さんが身近に感じられてねえ」

と、俊一郎にとっては非常に共鳴できる回答だった。俊一郎も林先生の話を聞かなかったら、長次郎さんには無関心のままだったろう。

予定通りの時刻に除幕式が始まり、滞りなく進行した。

市長挨拶で俊一郎は、桜が満開であることに触れた。

かつてやはり満開の日にここに集まった少年たちがいたこと。そのうちの一人が、この満開の桜を空から見下ろして故郷に別れを告げたこと。それを見送った親友がこの学校の創立百周年記念式に参列した日、やはりこの桜が満開であったこと。

「それがこの桜山出身の作家林健一先生であります。先生はおっしゃっていました。かつて卒業生はこの校庭から出征していった、と。そしてその多くがここに帰れなかった、と。この記念碑の裏側、桜を向いた方には、その帰れなかった卒業生全員の名前が刻んであります」

こう言えばわかってもらえるだろう。この桜と記念碑はみんなのお墓なのだ。学校は無くなっても、卒業生の魂はこの場所に帰って来ている。思い出の校庭で子どもの姿に戻って遊ぶがいい。辛い戦の日々を忘れて、友との語らいを楽しめばいいのだ。

司会を務める市の職員が、いよいよこの式のクライマックスが近づいたことを告げた。

参列者の拍手の中、松田俊一郎市長はじめ数人の手によって記念碑を覆っていた幕が取り払われた。

現れた立派な記念碑の姿に拍手は力を増した。

桜の花びらが散りかかる石碑の表にはこう刻まれていた。

「桜山小学校戦没卒業生の碑

約束の日は遠く

儚き夢はここに眠る」

文庫版あとがき

この物語は、一九九九年に演劇の脚本として書きました。東京の立教中学校（現・立教池袋中学校）で、解体された校舎の壁から百五年前のタイムカプセルが発見された、という報道に接して設定とあらすじが浮かんできたのです。

物語自体はフィクションですが、エピソードの一つ一つは、これまで私が読んだり聞いたりした様々な戦争体験を反映しています。

常々、平和な時代の日本に生まれた幸運を感謝する気持ちが私にはありました。当時課せられていた義務として戦場に赴き、そこで斃《たお》れた若者の無念を思えば、自分はなんと贅沢な不幸を言い募ってきたことか。そんな思いに共感してくれた仲間のおかげで、「遠い約束～おじいさんのタイムカプセル～」は二十年間上演を続けています。

その間、私を含む劇団員の背中を押してくれたのは、観劇後の皆さんから寄せられた感想の言葉でした。山口県下関市で、

「辛く厳しい時代に強い絆の友情の中に生きるのと、豊かで平和な時代にもろくて壊

れやすい友情の中で生きるのでは、人間にとってどちらが幸福なのだろう？」

という十四歳の少女の感想文を読んだときは膝を打つ思いがしました。

彼女の同級生の男子生徒はただ一行、

「あのおばあさんどうなった？」

と書いてくれました。彼は登場人物鈴木《すずき》寛太《かんた》の祖母のその後を心配してくれたのです。舞台に姿を現さない彼女を案じた、その少年の優しさは私たちの心を揺さぶりました。

また北海道音更《おとふけ》町の公演では、

「久しぶりに沖縄で戦死した兄を思い出しました」

という七十八歳の女性のコメントを読み、申し訳ないような複雑な気持ちを味わいました。同じ日本と言いながら、北海道で生まれ育った若者が遠い沖縄で死んでいったのです。どんなにか故郷に帰りたかったことでしょう。亡くなる直前に彼が見た光景はどんなもので、その瞬間、脳裏に故郷の風景を思い浮かべる余裕はあったのでしょうか。

若い姿のままの兄を思い出した老いた妹は、その夜どんな思いで床に就いたのでしょう。

私の父は南方のブーゲンビル島で終戦を迎え、その弟はそこで戦病死しています。私は亡き父の名代として、叔父の慰霊のためブーゲンビル島を三度訪れました。他の多くのご遺族と一緒の旅です。その頃、遺児の方はすでに七十歳前後になっておられました。その遺児の方々が現地各所での慰霊祭で、

「お父さん」

と呼びかける場面に何度も遭遇しました。残された母と耐えた戦後の辛く苦しい日々の果てに、その終焉の地で初めて口にする「お父さん」。万感の思いを込めたその声を耳にして、私は涙を止めることはできませんでした。

しかし、考えてみると、戦死した父、祖父として覚えておいてもらえる兵士はまだ恵まれているのかもしれません。独身のまま戦場に消えた多くの若者は、やがて忘れられていきます。彼がかつて何を夢見たか、誰を信じ愛したか、すべてはなかったことにされるのです。

彼らの立場に自分を置いて考えると、いたたまれない気持ちになります。

上演を続けるうちに脚本は細かい修正を何度も加えました。劇中に語られるエピソードを補強する事実を知る機会がたびたびあったからです。それは私にとって非常に

興味深い体験でした。

小説化にあたり、脚本では触れていない部分を書き足しました。下関の少年が案じてくれた鈴木寛太の祖母や、松田俊一郎《まつだしゅんいちろう》青年のその後も描いてあります。

今年（二〇一九年）六月、実家の倉庫にあった茶箱の中から父と叔父の随想録が見つかりました。昭和十三年から二十七年までの日々が綴られています。私は四十一年前に他界した父に聞きそびれた、復員の頃の状況をこれで知ることができました。栄養失調とマラリアで弱っていた父は、復員後も八か月ほど宮崎県の実家で療養していたようです。その時期に母校の小学校を訪れた父は、その校庭の荒れ果てた状態に愕然とします。折からの燃料不足で、校庭の木々が住民によって無断で伐採されていたのです。父の母校幸脇《さいわき》小学校は（二〇一六年閉校）自然に恵まれたのどかな土地にあります。そこでさえ、そんな状態になっていたのです。日本全国に同じ光景が広がっていたことは想像に難くありません。

ナンセンスと思われるかもしれませんが、物語の作者である私はこれで知ることができました。松田俊一郎が「桜は切った方がいい」と深く考えもせずに言い放ったとき、なぜ温厚な林健一《はやしけんいち》が強く反対したのかを。桜がそこにあり続けた理由、誰がどんな動機から守ったのかを。

文庫化にあたり、短くはありますが、そこも書き加えました。

令和元年十月一日

室積　光

本書は、二〇一七年七月にキノブックスより刊行された単行本を加筆修正のうえ、文庫化したものです。

遠《とお》い約《やく》束《そく》

室積《むろづみ》 光《ひかる》

令和元年 11月25日 初版発行
令和６年 11月15日 ４版発行

発行者●山下直久

発行●株式会社KADOKAWA
〒102-8177 東京都千代田区富士見2-13-3
電話 0570-002-301（ナビダイヤル）

角川文庫 21889

印刷所●株式会社KADOKAWA
製本所●株式会社KADOKAWA

表紙画●和田三造

ISBN 978-4-04-106998-1 C0193

◆◆◆

角川文庫発刊に際して

角川源義

第二次世界大戦の敗北は、軍事力の敗北であった以上に、私たちの若い文化力の敗退であった。私たちの文化が戦争に対して如何に無力であり、単なるあだ花に過ぎなかったかを、私たちは身を以て体験し痛感した。西洋近代文化の摂取にとって、明治以後八十年の歳月は決して短かすぎたとは言えない。にもかかわらず、近代文化の伝統を確立し、自由な批判と柔軟な良識に富む文化層として自らを形成することに私たちは失敗して来た。そしてこれは、各層への文化の普及滲透を任務とする出版人の責任でもあった。

一九四五年以来、私たちは再び振出しに戻り、第一歩から踏み出すことを余儀なくされた。これは大きな不幸ではあるが、反面、これまでの混沌・未熟・歪曲の中にあった我が国の文化に秩序と確たる基礎を齎らすためには絶好の機会でもある。角川書店は、このような祖国の文化的危機にあたり、微力をも顧みず再建の礎石たるべき抱負と決意とをもって出発したが、ここに創立以来の念願を果すべく角川文庫を発刊する。これまで刊行されたあらゆる全集叢書文庫類の長所と短所とを検討し、古今東西の不朽の典籍を、良心的編集のもとに、廉価に、そして書架にふさわしい美本として、多くのひとびとに提供しようとする。しかし私たちは徒らに百科全書的な知識のジレッタントを作ることを目的とせず、あくまで祖国の文化に秩序と再建への道を示し、この文庫を角川書店の栄ある事業として、今後永久に継続発展せしめ、学芸と教養との殿堂として大成せんことを期したい。多くの読書子の愛情ある忠言と支持とによって、この希望と抱負とを完遂せしめられんことを願う。

一九四九年五月三日

角川文庫ベストセラー

桃色まちおこし　室積　光

「食の次に大事なのはエロじゃろうが！」商店街会長の鶴の一声でAV監督の修業をすることになった知春。だが彼は、エロいものに接すると鼻血が出て、興奮すると気絶してしまうというやっかいな体質だった！

青に捧げる悪夢　岡本賢一・乙一・恩田　陸・小林泰三・近藤史恵・篠田真由美・瀬川ことび・新津きよみ・はやみねかおる・若竹七海

その物語は、せつなく、時におかしくて、またある時はおぞましい――。背筋がぞくりとするようなホラー・ミステリ作品の饗宴！　人気作家10名による恐くて不思議な物語が一堂に会した贅沢なアンソロジー。

ばいばい、アース　全四巻　冲方　丁

いまだかつてない世界を描くため、地球（アース）に降りてきた男、デビュー2作目にして最高到達点!!　世界で唯一の少女ベルは、〈唸る剣〉を抱き、闘いと探索の旅に出る――。

黒い季節　冲方　丁

未来を望まぬ男と、未来の鍵となる少年。縁で結ばれた二組の男女。すべての役者が揃ったとき、世界はその様相を変え始める。衝撃のデビュー作！　――魂焦がすハードボイルド・ファンタジー!!

天地明察　(上)(下)　冲方　丁

4代将軍家綱の治世、日本独自の暦を作る事業が立ち上がる。当時の暦は正確さを失いずれが生じ始めていた――。日本文化を変えた大計画を個の成長物語として瑞々しく重厚に描く時代小説！　第7回本屋大賞受賞作。

角川文庫ベストセラー

光圀伝 (上)(下)　冲方丁

なぜ「あの男」を殺めることになったのか。老齢の水戸光圀は己の生涯を書き綴る。「試練」に耐えた幼少期、血気盛んな〝傾奇者〟だった青年期を経て、光圀はやがて大日本史編纂という大事業に乗り出すが――。

はなとゆめ　冲方丁

28歳の清少納言は、帝の妃である17歳の中宮定子様に仕え始めた。宮中の雰囲気になじめずにいたが、定子様に導かれ、才能を開花させる。しかし藤原道長と定子様の政争が起こり……魂ゆさぶる清少納言の生涯！

感傷の街角　大沢在昌

早川法律事務所に所属する失踪人調査のプロ佐久間公がボトル一本の報酬で引き受けた仕事は、かつて横浜で遊んでいた〝元少女〟を捜すことだった。著者23歳のデビューを飾った、青春ハードボイルド。

漂泊の街角　大沢在昌

佐久間公は芸能プロからの依頼で、失踪した17歳の新人タレントを追ううち、一匹狼のもめごと処理屋・岡江から奇妙な警告を受ける。大沢作品のなかでも屈指の人気を誇る佐久間公シリーズ第2弾。

追跡者の血統　大沢在昌

六本木の帝王の異名を持つ悪友沢辺が、突然失跡した。沢辺の妹から依頼を受けた佐久間公は、彼の不可解な行動に疑問を持ちつつ、プロのプライドをかけて解明を急ぐ。佐久間公シリーズ初の長編小説。

角川文庫ベストセラー

天使の牙（上）（下）　大沢在昌新型麻薬の元締め〈クライン〉の独裁者の愛人はつみが警察に保護を求めてきた。護衛を任された女刑事・明日香ははつみと接触するが、銃撃を受け瀕死の重体に。そのとき奇跡は二人を〝アスカ〟に変えた！

天使の爪（上）（下）　大沢在昌麻薬密売組織「クライン」のボス、君国の愛人の体に脳を移植された女刑事・アスカ。かつて刑事として活躍した過去を捨て、麻薬取締官として活躍するアスカの前に、もう一人の脳移植者が敵として立ちはだかる。

秋に墓標を（上）（下）　大沢在昌都会のしがらみから離れ、海辺の街で愛犬と静かな生活を送っていた松原龍。ある日、龍は浜辺で一人の見知らぬ女と出会う。しかしこの出会いが、龍の静かな生活を激変させた……！

ブラックチェンバー　大沢在昌警視庁の河合は〈ブラックチェンバー〉と名乗る組織にスカウトされた。この組織は国際犯罪を取り締まり奪ったブラックマネーを資金源にしている。その河合たちの前に、人類を崩壊に導く犯罪計画が姿を現す。

アルバイト・アイ
命で払え　大沢在昌冴木隆は適度な不良高校生。父親の涼介はずぼらで女好きの私立探偵で凄腕らしい。そんな父に頼まれて隆はアルバイト探偵として軍事機密を狙う美人局事件や戦後最大の強請屋の遺産を巡る誘拐事件に挑む！

角川文庫ベストセラー

アルバイト・アイ 毒を解け　大沢在昌

「最強」の親子探偵、冴木隆と涼介親父が活躍する大人気シリーズ！　毒を盛られた涼介親父を救うべく、東京を駆ける隆。残された時間は48時間。調毒師はどこだ？　隆は涼介を救えるのか？

アルバイト・アイ 王女を守れ　大沢在昌

冴木涼介、隆の親子が今回受けたのは、東南アジアの島国ライールの17歳の王女の護衛。王位を巡り命を狙われる王女を守るべく二人はある作戦を立てるが、王女をさらわれてしまい…隆は王女を救えるのか？

アルバイト・アイ 諜報街に挑め　大沢在昌

冴木探偵事務所のアルバイト探偵、隆。車にはねられ気を失った隆は、気付くと見知らぬ町にいた。そこには会ったこともない母と妹まで…！　謎の殺人鬼が徘徊する不思議の町で、隆の決死の闘いが始まる！

アルバイト・アイ 誇りをとりもどせ　大沢在昌

莫大な価値を持つ「あるもの」を巡り、右翼の大物、ネオナチ、モサドの奪い合いが勃発。争いに巻き込まれた隆は拷問に屈し、仲間を危険にさらしてしまう。死の恐怖を越え、自分を取り戻すことはできるのか？

アルバイト・アイ 最終兵器を追え　大沢在昌

伝説の武器商人モーリスの最後の商品、小型核兵器が行方不明に。都心に隠されたという核爆弾を探すために駆り出された冴木探偵事務所の隆と涼介は、東京に裁きの火を下そうとするテロリストと対決する！

角川文庫ベストセラー

生贄のマチ　特殊捜査班カルテット　大沢在昌

家族を何者かに惨殺された過去を持つタケルは、クチナワと名乗る車椅子の警視正からある極秘のチームに誘われ、組織の謀略渦巻くイベントに潜入する。孤独な潜入捜査班の葛藤と成長を描く、エンタメ巨編！

解放者　特殊捜査班カルテット2　大沢在昌

特殊捜査班が訪れた薬物依存症患者更生施設が、何者かに襲撃された。一方、警視正クチナワは若者を集めたゲリライベント「解放区」と、破壊工作を繰り返す一団に目をつける。捜査のうちに見えてきた黒幕とは？

十字架の王女　特殊捜査班カルテット3　大沢在昌

国際的組織を率いる藤堂と、暴力組織〝本社〟の銃撃戦に巻きこまれ、消息を絶ったカスミ。助からなかったのか、父の下で犯罪者として生きると決めたのか。行方を追う捜査班は、ある議定書の存在に行き着く。

らんぼう　新装版　大沢在昌

巨漢のウラと、小柄のイケの刑事コンビは、腕は立つがキレやすく素行不良、やくざのみならず署内でも恐れられている。だが、その傍若無人な捜査が、時に誰かを幸せに……？　笑いと涙の痛快刑事小説！

ジャングルの儀式　新装版　大沢在昌

ハワイから日本へ来た青年・桐生傀の目的は一つ、父を殺した花木達治への復讐。赤いジャガーを操る美女に導かれ花木を見つけた傀は、権力に守られた真の敵を知り、戦いという名のジャングルに身を投じる！

角川文庫ベストセラー

夏からの長い旅　新装版　大沢在昌

充実した仕事、付き合いたての恋人・久邇子との甘い逢瀬……工業デザイナー・木島の平和な日々は、放火事件を皮切りに、何者かによって壊され始めた。一体誰が、なぜ？　全ての鍵は、1枚の写真にあった。

ニッポン泥棒（上）（下）　大沢在昌

失業して妻にも去られた64歳の尾津。ある日訪れた見知らぬ青年から、自分が恐るべき機能を秘めた未来予測ソフトウェアの解錠鍵だと告げられる。陰謀に巻き込まれた尾津は交渉術を駆使して対抗するが——。

ドミノ　恩田陸

一億の契約書を待つ生保会社のオフィス。下剤を盛られた子役の麻里花。推理力を競い合う大学生。別れを画策する青年実業家。昼下がりの東京駅、見知らぬ者同士がすれ違うその一瞬、運命のドミノが倒れてゆく！

ユージニア　恩田陸

あの夏、白い百日紅の記憶。死の使いは、静かに街を滅ぼした。旧家で起きた、大量毒殺事件。未解決となったあの事件、真相はいったいどこにあったのだろうか。数々の証言で浮かび上がる、犯人の像は——。

チョコレートコスモス　恩田陸

無名劇団に現れた一人の少女。天性の勘で役を演じる飛鳥の才能は周囲を圧倒する。いっぽう若き女優響子は、とある舞台への出演を切望していた。開催された奇妙なオーディション、二つの才能がぶつかりあう！

角川文庫ベストセラー

メガロマニア　恩田　陸

いない。誰もいない。ここにはもう誰もいない。みんなどこかへ行ってしまった——。眼前の古代遺跡に失われた物語を見る作家。メキシコ、ペルー、遺跡を辿りながら、物語を夢想する、小説家の遺跡紀行。

夢違　恩田　陸

「何かが教室に侵入してきた」。小学校で頻発する、集団白昼夢。夢が記録されデータ化される時代、「夢判断」を手がける浩章のもとに、夢の解析依頼が入る。子供たちの悪夢は現実化するのか？

雪月花黙示録　恩田　陸

私たちの住む悠久のミヤコを何者かが狙っている……！　謎×学園×ハイパーアクション。恩田陸の魅力全開、ゴシック・ジャパンで展開する『夢違』『夜のピクニック』以上の玉手箱!!

私の家では何も起こらない　恩田　陸

小さな丘の上に建つ二階建ての古い家。家に刻印された人々の記憶が奏でる不穏な物語の数々。キッチンで殺し合った姉妹、少女の傍らで自殺した殺人鬼の美少年……そして驚愕のラスト！

シュンスケ！　門井慶喜

伊藤俊輔、のちの伊藤博文は農民の子に生まれながらも、その持ち前のひたむきさ、明るさで周囲を魅了し、驚異的な出世を遂げる。新生日本の立役者の青年期を、さわやかに痛快に描く歴史小説。